和歌と俳句の
ジャポニスム

Un Japonisme poétique:
waka et *haïku*

柴田依子
Shibata　　　Yoriko

角川書店

和歌と俳句のジャポニスム

目　次

まえがき ……………………………………………… 5

第1章　和歌のジャポニスム

ヨーロッパにおける和歌の移入と翻訳 ……………… 13

『芸術の日本』の和歌特集 …………………………… 17

「日本美術における詩歌の伝統」に引用された
　　ランゲによるドイツ語訳の和歌 ………………… 18

美術工芸の源泉としての和歌 ………………………… 20

ブリンクマンの引用した和歌22首 …………………… 26

ランゲ、フローレンツと日本の古典詩歌 …………… 30

第2章　クーシューと和歌と俳句との出会い

エコール・ノルマル・シュペリウールでの勉学 ……… 43

「世界周遊」パリ大学給費生の選出と日本への旅 …… 44

メートルとの出会いと和歌・俳句の発見
　　―「世界周遊」報告書簡 ………………………… 45

俳句紹介の実践活動 …………………………………… 48

メートルの論文「日本」 ……………………………… 49

クーシューの論文「ハイカイ（日本の詩的エピグラム）」
　　の発表 ……………………………………………… 50

クーシューによってフランス語訳された蕪村の句 …… 52

最初のフランス・ハイカイ集『水の流れのままに』の
　　刊行 ………………………………………………… 56

論文「日本の文明」の発表
　　―フランス語訳和歌の掲載 …………………… 58

クーシューの日本再訪と
　　著書『アジアの賢人と詩人』の刊行 ……………… 62
リルケと俳句との出会い ……………………………… 67
女流画家ジョーク宛てのリルケの手紙 ……………… 70
リルケの俳句観と晩年の詩境 ………………………… 71
リルケの遺言状と3行の墓碑銘 ……………………… 73

第3章　音楽における和歌と俳句のジャポニスム

和歌・俳句を素材とする歌曲 ………………………… 87
・ミロエ・ミロエヴィッチ作曲「大和」 ……………… 87
・ストラヴィンスキー作曲「三つの日本の抒情詩」… 88
・アンドレ・スーリー作曲「三つの日本詩歌」……… 91
・ジョルジュ・ミゴ作曲「日本の小景七編」………… 91
・アレクサンドル・タンスマン作曲
　　「八つの日本の歌（ハイカイ）」 ………………… 95
・ペルコフスキ作曲「百人一首」 …………………… 97
・モーリス・ドラージュ作曲「七つのハイカイ」……… 98
・クロード・デルヴァンクール作曲「露の世」……… 104
日本古典詩歌・音楽・絵画のジャポニスムの結節点 … 113

資　料　編　　　　　　　　　　　　　121

あとがき …………………………………………………… 196

主要参考文献 ……………………………………………… 205

まえがき

　19世紀後半から世紀末にかけて、パリをはじめとする万国博覧会への参加を通じて日本の伝統的な工芸品、版画などが大量に輸出された。その結果、ヨーロッパに新たな日本との出会いがもたらされ、ジャポニスムの大流行が巻き起こった。その流行の中で、ゴッホやモネなどが大きな影響を受けたことは広く知られている。しかしながら日本詩歌、とりわけ和歌をめぐる影響の領域については、これまであまり知られていなかった。

　ヨーロッパにおける和歌の移入は、19世紀前半から始まった。『万葉集』の1首が、1820年にオランダ語を経由してフランス語に初めて翻訳された。また1832年には、『万葉集』30巻がシーボルトによってオランダに運ばれている。

　20世紀に入って、フランスではポール゠ルイ・クーシューを介して、俳句のジャポニスムの世界が花開いた。だが、それに先立って、19世紀から和歌のジャポニスムの鉱脈があったのである。

　第1章では、和歌の移入と翻訳の歴史を紹介して、和歌のジャポニスムの開花を問い直したい。

　主な参考資料は、『芸術の日本』19号（1889）・20号（1889）に掲載された、ドイツのハンブルク美術工芸博物館館長ユストゥス・ブリンクマンによる論文「日本美術における詩歌の伝統」のオリジナルのドイツ語版やフランス語訳版、および芳賀徹氏によるその邦訳版である。ブリンクマンは、和歌のドイツ語訳を、主に "Kokinshifu" と明記し、日本の古典詩歌を「抒

情詩」と位置付けて、和歌を31音からなる「ウタ」、「一種の抒情的エピグラム」として紹介している。

　ブリンクマンの参考資料となった和歌のジャポニスムの鉱脈の資料は、ドイツのルドルフ・ランゲによる『古今和歌集　春ノ部』のドイツ語訳（1884）であることが判明した。

　ランゲによるその序文から、和歌の特質として「抒情性」を発見している箇所を検討したい。またランゲによる和歌のローマ字表記とドイツ語訳のシラブル表を作成して、ランゲの先駆的な和歌翻訳のプロセスを探りたい。

　さらに「日本美術における詩歌の伝統」において、ブリンクマンが美術工芸の源泉として『古今和歌集』のどの和歌を、どのように紹介しているのか、ランゲの訳を起点として、ブリンクマンの訳、そのフランス語訳などを素材として追っていきたい。

　第2章では、俳句のジャポニスムの開花をもたらした和歌の翻訳の鉱脈について問い直したい。

　1920年代のフランスでは、クーシュー著『アジアの賢人と詩人』（初版1916）を通じて、俳句のジャポニスムの世界が花開いた。同書の序章において、俳句や和歌を、詩の本質すなわち「生まれいづる源にほとばしる瞬時の抒情的感覚をもつものだ」として、「マラルメの言うオルフィスム」に位置付けて紹介している。第1章は「日本の情趣」と改題して和歌を、第2章は「日本の抒情的エピグラム」と改題して、蕪村を中心とする158句に及ぶ俳句をフランス語に訳出している。

　19世紀末のパリでジャポニスムの洗礼を受けたクーシューは、20世紀初頭に24歳でパリ大学の「世界周遊」の給費生として初来日し、1903年から1904年にわたる日本体験を通じて、

日本の古典詩歌、和歌や俳句の世界に開眼した。

　帰国後、俳句がまだほとんど知られていなかった20世紀初頭のヨーロッパに、翻訳と創作の面からその魅力を幅広く紹介している。1905年、フランス語による初めてのハイカイ集『水の流れのままに』を仲間とともに編み、フランス・ハイカイのルーツとなった。

『アジアの賢人と詩人』はアナトール・フランスに捧げられている。同書はジャン・ポーラン、ポール・エリュアールなどフランスの詩人や文人たち、さらには戦場の兵士たちまでをも魅了して、新しい詩のヴィジョンを啓示し、ハイカイの創作活動を触発した。クーシューは自ら「ハイジン」仲間の集いを主催し、フランス・ハイカイを伝播させてゆく役割を果たした。

　1920年には『新フランス評論（N.R.F.）』誌の巻頭に、クーシューを筆頭とする12人のハイカイ・アンソロジー82編が掲載されたほか、この年に多くの優れたフランス・ハイカイ集が次々と刊行されている。

　同年の9月、詩人ライナー・マリア・リルケは、『N.R.F.』誌を通して俳句に初めて接し、すぐさま自らフランス語でハイカイを詠んだ。翌10月、クーシューの書『アジアの賢人と詩人』（第3版1919）をパリで購入した。同書の序章や第2章「日本の抒情的エピグラム」に残されている書き込みをたどり、晩年の詩境にあっても、クーシューの書から啓示された俳句の特質がリルケに受容されている様相を究明する。リルケは、中期の詩「山」に葛飾北斎の影響が知られるが、絵画から詩歌へのジャポニスムの展開過程を解明する上では、クーシューの書が重要な役割を果たしていることを検討したい。

まえがき　　7

参考資料は、リルケが『アジアの賢人と詩人』に所収された
フランス語訳の俳句を選び、自らの俳句観を述べて、女流画家
ソフィー・ジョーク宛てに送ったフランス語書簡、また自分の
墓碑銘のために3行のハイカイ形式で薔薇を詠った詩句が記さ
れているリルケ肉筆の遺言状（1926）である。

　クーシューの著書の影響は、リルケなどヨーロッパの芸術家
にも及び、文学の領域を超えて音楽の分野にも波及し、最初期
の日本詩歌受容史において、ほかに類を見ないほど大きいもの
があった。さらに、高浜虚子たち日本俳壇にも及び、俳句の世
界化への息吹を吹き込んだ。

　その概要はクーシュー評伝、拙著『俳句のジャポニスム　ク
ーシューと日仏文化交流』（角川学芸出版　2010）として刊行した。

　第3章では、ヨーロッパの言語に翻訳された和歌や俳句が、
1910年代以前から1920年代にかけて、ストラヴィンスキーや、
フランスの作曲家、モーリス・ドラージュや、クロード・デル
ヴァンクール、またポーランドの作曲家アレクサンドル・タン
スマンほかによる歌曲の分野にも多大な影響を及ぼしていたこ
とを考察する。

　参考資料は、翻訳された和歌の歌曲のフランスをはじめとす
る楽譜資料、2001年パリ日本文化会館で開催した再現レクチ
ャー・コンサート「俳句と和歌によるフランス、日本歌曲の夕
べ」における日仏両国語のプログラム、歌詞対訳、また和歌や
俳句のジャポニスムをめぐる文献資料等である。また、日本古
典詩歌・音楽・絵画のジャポニスムの結節点として、楽譜表紙
絵について、主にタンスマン作曲「八つの日本の歌（ハイカイ）」
の歌曲、デルヴァンクール作曲「露の世」の楽譜表紙絵をとり

あげて、『芸術の日本』に掲載されている挿図との関連も含めて検討したい。

　一般的にジャポニスムは、まず絵画や工芸を中心とした視覚芸術に取り込まれ、少し遅れて文学、音楽へと波及した。日本の和歌や俳句による歌曲の楽譜表紙絵は、これらのすべての諸芸術が交差する場として、実に豊かな世界を提示している。

　ヨーロッパにおけるジャポニスムの隆盛は、20世紀の第一次世界大戦の勃発を区切りとして終焉を迎えたとされているが、馬渕明子氏の著書『舞台の上のジャポニスム』(2017) が刊行されて、「21世紀になってもジャポニスムは継続している。あるいは姿を変えて再登場している」とその影響が語られている。

　2017年は、『アジアの賢人と詩人』が刊行されてから約100年にあたる。

　2017年秋には、フランスにおける和歌のジャポニスムの開祖の一人、ジュディット・ゴーチエ没後100年のシンポジュウムがパリで開催された。

　2018年には、「ジャポニスム2018」がフランスで幕開けする。本書では、ヨーロッパにおける和歌と俳句のジャポニスム、また日本の古典詩歌の受容史を明らかにし、和歌や俳句の未来に新たな光を当てることを目指したい。またヨーロッパにおける和歌や俳句のジャポニスムをめぐる最初期の文献資料を、本書を通じて後世に残したい。

　なお、本書タイトルのフランス語訳は、フランス国立極東学院教授・東京支部代表フランソワ・ラショー氏によるものである。記して感謝する。

まえがき　　9

最後に、先述した、ブリンクマンの「日本美術における詩歌の伝統」に収められた言葉と、クーシューの言葉を著書から引用する。

　「日本人にあって、その心のすがたをもっともよくうかがわせてくれるのは、詩歌、この国民がうたいつづけてきた古い詩歌である」「この日本の古い詩歌という宝物は、芸術家たちに霊感を与えて、そのもっとも天才的な幾多の作品を生みださせてくれた。とりわけ、腕のいい職人たちの手をみちびき、装飾のためのモチーフの無尽の鉱脈となってきた」（芳賀徹訳「日本美術における詩歌の伝統」『芸術の日本』19号）
　「京都の聖なる丘からは、ローマの丘からよりも、世界のすべての道が無限の彼方に向かって延びているのがはるかによく見える。そしてその頂からは、まるで船の舳先からのように、新たな水平線が最もよく望見できるのである」（『明治日本の詩と戦争—アジアの賢人と詩人』「序章」）

2017年11月7日

　　　　　　　　　　　　　　　　　　柴田 依子

第1章

和歌のジャポニスム

ヨーロッパにおける和歌の移入と翻訳

　19世紀の後半から世紀末にかけて、万国博覧会への参加を契機として、日本の工芸品、版画、書物などがヨーロッパ世界に大量にもたらされるようになった。その結果、ヨーロッパにジャポニスムの大流行が巻き起こり、絵画から工芸品に至るまで、日本の文化が影響を及ぼすことになる。その流行の中で、日本の古典詩歌、とりわけ和歌については、美術に比べて従来あまり知られていなかった。

　4度目のパリ万博が翌年開催されることになる1888年の5月から、1891年4月までの3年間にわたり、『芸術の日本』という月刊誌が刊行された。日本美術と日本文化を紹介した豪華な大型判のジャポニスムの雑誌である。最近、『芸術の日本』の復刻集成版の監修をした馬渕明子氏によれば、フランス・イギリス・ドイツの3か国語版で、全36号が刊行され、パリ、ハンブルク、ライプツィヒ、ロンドン、ニューヨークなどで容易に入手できたようである。価格は2フランであった。フィンセント・ファン・ゴッホやエミール・ガレなどが所蔵しており、著名な芸術家に影響を与えたことがうかがわれると報告されている。

『芸術の日本』の発行者は、美術商で、日本美術のヨーロッパへの紹介者として多大な足跡を残したサミュエル・ビング（Samuel Bing 1838-1905）であった。掲載論文はフランス・イギリス・ドイツ3か国の芸術家・批評家・美術コレクターなどによって執筆され、絵画・工芸から建築・舞台芸術、さらには詩歌まで、日本文化全体を対象としている。

　注目すべきことに、『芸術の日本』では、19号（1889）・20号（1889）の「日本の美術における詩歌の伝統 Die poetische Ueberlieferung in der japanischen Kunst」、32号（1890）の「日

第1章　和歌のジャポニスム　13

本の風景画家 Les Paysagistes japonais」において、すでに和歌が特集されていた。とりわけ、「日本の美術における詩歌の伝統」では、著者のドイツのハンブルク美術工芸博物館館長ブリンクマン（*Justus Brinckmann* 1843-1915）が、美術工芸の源泉として、和歌のドイツ語訳を主に "*Kokinshifu*" と明記して、紹介している。

　ブリンクマンが引用したドイツ語の和歌の出典は、『古今和歌集　春ノ部 *Altjapanische Frühlingslieder aus der Sammlung Kokinwakashu*』である。これまでほとんど知られていなかったが、これは、ドイツのルドルフ・ランゲ（Dr. Rudolf Lange 1850-1933）によってドイツ語に翻訳されたものであった。俳句がヨーロッパに翻訳紹介されて、俳句のジャポニスムの世界が開花する以前の出来事である。

　ヨーロッパにおける和歌の移入は、19世紀前半から始まった。ヨーロッパの言語への翻訳としては、1820年に初めて『万葉集』の1首が、オランダ語を経由してフランス語に翻訳されていた。また、1832年には、『万葉集』30巻がシーボルトによってオランダに運ばれ、現在、ライデン国立民族学博物館に所蔵されている。

　19世紀後半になると、1866年にイギリスで『百人一首』がフレデリック・ヴィクター・ディキンズ（Frederick Victor Dickins 1838-1915）によって英訳されている。表題が『百人一首 *Hyak Nin Is'shiu*』と "*Japanese Lyrical Odes*" とあり、日本語と英語で併記されて刊行された。1871年には、レオン・ド・ロニー（Léon de Rosny 1837-1914）が『万葉集』や『百人一首』を中心とした和歌を初めてフランス語訳している。表紙には、表題の『詩歌撰葉 *Anthologie japonaise*』と美人画に並んで、日本語が縦書きされている。

　1872年には、プフィッツマイアー（August Pfizmaier 1808-1887）が、『万葉集』を翻訳した『万葉集歌鈔 *Gedichte aus der*

Sammlung der Zehntausend Blätter』をウィーンで出版した。

　1880年代になると、イギリス・ドイツ・フランスにおいて和歌の翻訳集が次々と刊行され、和歌のジャポニスムが開花してゆく。1880年には、イギリスでバジル・ホール・チェンバレン（Basil Hall Chamberlain 1850-1935）によって『古今和歌集』ほかの和歌が英訳され、"*The Classical Poetry of the Japanese*"として刊行された。

　1884年には、ドイツのベルリンにおいて、ルドルフ・ランゲによって『古今和歌集　春ノ部』の翻訳集が刊行された。ランゲは、日本体験を通じて『古今和歌集　春ノ部』の全134首をドイツ語に翻訳しているが、チェンバレンとディキンズの先行翻訳を一部参照している。

　ランゲによってドイツ語に翻訳された『古今和歌集』の和歌は、前掲のブリンクマンの論文「日本美術における詩歌の伝統」に引用され、美術工芸の源泉として紹介されていた。これが和歌のジャポニスムの開花の源泉といえるのではないだろうか。のちに、俳句のジャポニスムの鉱脈ともなってゆく。

　1885年には、パリで、来日体験はないものの、ジュディット・ゴーチエ（Judith Gautier 1845-1917）が西園寺公望との共訳によって、和歌のバイブルともいえる『古今和歌集』の序を付して、和歌の訳詩のアンソロジー『蜻蛉集 *Poèmes de la libellule*』を刊行した。

　吉川順子著『詩のジャポニスム　ジュディット・ゴーチエの自然と人間』（京都大学学術出版会　2012）の刊行によって、「ジャポニスムの香気にみちた」とされる『蜻蛉集』の全容、全翻訳および成立について詳細に知られるようになった。『蜻蛉集』の翻訳は、『古今和歌集』をはじめとする「八代集」の和歌を、西園寺公望が下訳し、ゴーチエが和歌の韻律、5・7・5・7・7の5行詩に合わせた韻文訳を完成させている。また、同書によって『蜻蛉集』以前の和歌の翻訳についても知られるようにな

った。

　この和歌の訳詩のアンソロジーの題名は、日本の古称「あきつしま」およびジャポニスムの象徴であるトンボにちなんで、『蜻蛉集』と日仏の両国語で表記された。日本語の「蜻蛉集」の文字は縦表記でトンボの羽の中に書かれ、刊行年「千八百八十四年春」も日本語で縦書きされている。さらに、一首一首はジャポニスムの著名な画家、山本芳翠によるトンボをはじめとする雅（みやび）な挿絵の中に配置されている。『蜻蛉集』は、まさに絵画と和歌のジャポニスムの開花の記念碑的な和歌翻訳集といえる。

　1988年にフランスで刊行されたパリのジャポニスム展のカタログ"Le Japonisme"には、和歌の翻訳集として『蜻蛉集』の1冊のみが掲載されている[注5]。

　1894年、カール・アドルフ・フローレンツ（Karl Adolf Florenz 1865-1939）が、『万葉集』を中心に、『古今和歌集』もドイツ語訳して『東の国からの詩の挨拶―和歌集― Dichtergrüsse aus dem Osten : Japanische Dichtungen』を出版した。翻訳された和歌には挿絵を付しており、縮緬本（ちりめん）として東京の長谷川商店から刊行された。表紙には「和歌集」と縦書きで記載されている。

　1910年には、フランスにおいて、ミシェル・ルヴォン（Michel Revon 1867-1947）が、『万葉集』や『古今和歌集』ほかの和歌のフランス語訳のアンソロジー、また俳句のフランス語訳も所収した『日本文学詞華集 Anthologie de la Littérature Japonaise』を刊行している。ルヴォンがフランス語訳した和歌は、フランス歌曲の歌詞になっており、第3章で紹介する。

　1883年、和歌の翻訳という限られた日本学の研究者による学術的な研究書ではなく、ヨーロッパの美術書において初めて和歌が紹介された。美術批評家で日本美術品のコレクターであったルイ・ゴンス（Louis Gonse 1846-1921）によるもので、ヨーロッパで初めて日本の美術史を体系づけた大著といわれる『日本の美術 L'art japonais』をパリで出版した。『百人一首』が藤

原定家により編纂されたことが、小野小町の挿絵と共に紹介されている。『日本の美術』は、クーシューがジャポニスムの洗礼を受けた本である。

『芸術の日本』の和歌特集

　ブリンクマンの「日本美術における詩歌の伝統」のオリジナル論文はドイツ語であるが、フランス語版・英語版がある。

　ブリンクマンは、日本の古典詩歌という「宝物」は、「芸術家たちに霊感を与え、その主題や表現様式は、あらゆる美術工芸品によみがえり続ける」ことを指摘して、『古今和歌集』の中から多くの和歌をドイツ語訳で紹介している。美術工芸品の装飾モチーフや、その源泉となった和歌も具体的に掲載している。また工芸品のモチーフの源泉として『百人一首』を付け加え、日本で最も知られていて誰もが諳んじている歌集であると解説している。ただし、『古今和歌集』の多くのドイツ語訳の出典、翻訳者はこれまで不明であった。

『芸術の日本』32号には、フランスの美術批評家ギュスターヴ・ジェフロワ（Gustave Geffroy 1855-1926）による論文「日本の風景画家」が掲載されている。北斎や広重の挿絵を掲載して、「レオン・ド・ロニー著『詩歌撰葉』から」と明記されて、和歌のフランス語訳が紹介されている。北斎の「富士山」の風景の挿絵を掲載し、「詩人の中に、画家の眼（une vision de la peintre）を見たいなら、ここに野生の雁について詠んだ2行の文章がある」として、次のフランス語訳の和歌を紹介している。

> Les oies sauvages qui s'envolent dans la brume des nuages
> me paraissent semblables à des caractères tracés dans de
> l'encre limpide.

第1章　和歌のジャポニスム　17

この原拠となる和歌は、「薄墨に　かくたまづさと　みゆるかな　かすめる空に　かへる雁がね」(『後拾遺和歌集』春上　津守国基)である。北斎の描く「富士山」の版画を介して、詩人の中に画家のまなざし (une vision de peintre) を見いだしていると紹介されているこの和歌は、のちにクーシューによってフランス語訳されて著書『アジアの賢人と詩人』に所収された。さらに、フランス人の作曲家によってフランス歌曲に作曲されている。[注11]

　また、詩人の中に画家のまなざしを見いだしていると述べている箇所の "une vision" という言葉は、のちにクーシューによって俳句の特質として『アジアの賢人と詩人』に紹介されている。ライナー・マリア・リルケ (Rainer Maria Rilke 1875 – 1926) の所蔵本となった『アジアの賢人と詩人』に、リルケがマークした箇所である。その部分を以下に引用する (リルケ所蔵本の『アジアの賢人と詩人』の頁数を括弧内に付した)。

　　C'est une vision qui s'adresse directement à notre œil,
　　une impression vive qui peut éveiller en nous quelque
　　impression endormie.　(p.58)
　　ハイカイはわれわれの目に直接訴えてくる一つのヴィジョ
　　ンであり、われわれの心に眠っている何らかの印象を目覚
　　めさせてくれる生き生きとした一つの印象である。

「日本美術における詩歌の伝統」に引用された ランゲによるドイツ語訳の和歌

　ブリンクマンは日本の古典詩歌を「抒情詩 lyrischer Gedichte」と位置付けて、和歌を5・7・5・7・7の31音からなる「ウタ uta」、「一種の抒情的エピグラム eine art lyrischen epigrammes」として紹介している。ブリンクマンが参照して

いたドイツ語訳のテキストは、ルドルフ・ランゲの翻訳による『古今和歌集　春ノ部』であることが、ブリンクマンのドイツ語の原文を通じて判明した。

　日本では、『芸術の日本』は、創刊号（1888）から最終号の36号（1891）までのフランス語版が大島清次・芳賀徹ほかによって邦訳され、1981年に美術公論社から刊行された。「日本美術における詩歌の伝統」（フランス語版）は芳賀徹が全訳し、さらに、引用されていた『古今和歌集』の36首に及ぶ和歌の原拠を特定している。しかし、芳賀氏も指摘しているように、フランス語版 *Le Japon artistique* にブリンクマンが引用している和歌は、西欧語の先行訳詩集にないものが多く、チェンバレン以外には和歌の翻訳者および翻訳書は不明であった。[注12]　ドイツ語版 *Japanischer Formenschatz* は、ドイツ本国で絶版になっているといわれ、フランス国立図書館にも所蔵されていない。

　幸いなことに、最近『芸術の日本』仏・英・独語版の復刻集成が、馬渕明子（日本女子大学教授）の監修により刊行された。[注13]　『芸術の日本』仏・英・独語版の各タイトルは、*Le Japon artistique*（フランス語版）／ *Artistic Japan*（英語版）／ *Japanischer Formenschatz*（ドイツ語版）である。

　復刻版によって、ドイツ語版の鮮明な活字版を手に取ることができ、和歌の受容に関する資料を詳細に調べることが可能となった。

　オリジナルのドイツ語版「日本美術における詩歌の伝統」の最後の部分には、フランス語版・英語版には記載されていない和歌の翻訳集のテキスト、翻訳者についての言及がなされている。原文の箇所を以下に翻刻し、試訳する。[注14]

Die Frühlingslieder aus dieser Blütenlese sind vor einigen Jahren durch Dr. R. Lange ins Deutsche übertragen. Viele der oben angeführten Verse aus dem Kokinwakashu sind dieser trefflichen Uebersetzung entnommen. Hoffentlich lässt der gelehrte und des japanischen Lebens kundige Verfasser ihr bald eine Fortsetzung folgen.

この詩歌集の春の歌の部分は、数年前ルドルフ・ランゲによってドイツ語訳された。本稿の古今和歌集からの引用詩の多くはこのランゲによる優れた翻訳から取ったものである。この学識に富み、かつ日本の生活に通暁した訳者が、近い将来続編を刊行されることを期待したい。

　この記述によって、ブリンクマンが参照した和歌の翻訳集のテキストは、『古今和歌集　春ノ部』の翻訳であり、ルドルフ・ランゲがドイツ語訳したことが判明した。

　日本では、すでに明治期に国文学者、芳賀矢一氏が『古今和歌集』の注釈において、「独逸人ランケと云ふ人が春の部の歌を古今集遠鏡によって翻訳したものもあります」[注15]と紹介している。

　ランゲによるドイツ語訳では、『古今和歌集』の和歌が翻訳の前にローマ字書きされている（資料1－1）。

　芳賀氏が特定していた和歌の原拠は、ローマ字書きで記載されている和歌とすべて一致していた。本書での「日本美術における詩歌の伝統」の邦訳は、フランス語版からの芳賀徹氏による訳に負っている。なお『芸術の日本』のフランス語版は、現在もフランス国立図書館に所蔵されている。

美術工芸の源泉としての和歌

「日本美術における詩歌の伝統」において、和歌が美術工芸の源泉としてどのように紹介されていたのか、またどのような和歌が翻訳・紹介されていたのかを追っていきたい。まず、美術工芸のモチーフの源泉としての和歌については、次のように紹

介されている。

「ある異国の美術を理解するには、その国と親しむことが肝要である。その国の植物、動物、風俗、慣習、歴史と親しまねばならないのである」[注16]

「日本人にあって、その心のすがたをもっともよくうかがわせてくれるのは、詩歌、この国民がうたいつづけてきた古い詩歌である」[注17]

「この日本の古い詩歌という宝物は、芸術家たちに霊感を与えて、そのもっとも天才的な幾多の作品を生みださせてくれた。とりわけ、腕のいい職人たちの手をみちびき、装飾のためのモチーフの無尽の鉱脈となってきた」[注18]

「なににもまして四季の循環こそが、古典の時代の詩人の心を熱い思いで満たしたものであった。新しい季節がくるたびに草木や花が咲きほころびまた枯れていって、美しい祖国の風景がさまざまにうつろうさまを、詩人は抒情のアフォリズム（和歌）という簡潔な形式のもとに、私たちの眼前にくりひろげてみせてくれる。だがそれだけではない、この草木のうつろいが動物たちの生活にも余波を及ぼすことに彼は心を動かされる。だが、またそれだけではない。詩人はさらに、これらの景観が人の心によび起こす感覚と感情を、最も微妙な陰影にまで立ち入って言いあらわすことができるのである」[注19]

「これらの古い詩歌と近代の日本工芸との結びつきは、きわめて密接なものであって、詩歌の主題はあらゆる美術工芸品のなかによみがえりつづける。装飾家の使う絵柄にたえず出てくるし、漆器の箱に書き込まれている。彫金師はそれによって刀剣の装飾を工夫し、陶工はそれを焼きものに焼きつけ、織り師はそれを自分の織物にいつも織りこんでは物語りつづけた」[注20]

このように、日本の古典詩歌が「芸術家たちに霊感を与えて」、「腕のいい職人たちの手をみちびき、装飾のためのモチーフの無尽の鉱脈となってきた」と、詳細かつ的確に説明されて

第1章　和歌のジャポニスム　21

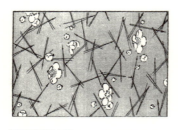

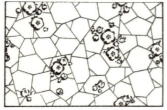

図1-1 「氷上の梅の花」(『芸術の日本』復刻版、エディション・シナプス刊より)

いる。

　では、どのような『古今和歌集』の和歌が、装飾美術工芸品のモチーフの源泉となったのであろうか。ブリンクマンは、ランゲによる和歌のドイツ語訳を参照し、和歌のモチーフについて「梅の花」「桜の花」「紅葉」「砧(きぬた)」をあげている。

　梅の花のモチーフについては、以下の記載がある。

　「いちばん広く用いられているモチーフの一つ、それは平戸の磁器に絵付け師の筆で描きこまれていた」「刀の柄(つか)の銀の飾りに彫りこまれていた。また金や金砂子でありとあらゆる蒔絵にも描かれていた。――それは梅の花のモチーフである」[注21]

　「薄い氷に走ったひびを思わせるような、不規則な縞模様のついた表面にちりばめられている」

　「この装飾はただ芸術家が自然のうちに目撃したものを絵にしたのだ、と考えることもできよう」「遅い霜に襲われて梅の花が散ったところなのだ、と。だがそれならば、別なよくある例で、梅の花が散らばっていないで、凍った水の中から姿をあらわしているように見えるものはどう説明したらよいのだろうか。9世紀の終わりごろ后の宮(宇多天皇皇后温子)が宮廷に集められた歌人のなかでもとくにすぐれていた一人、(源)当純(まさずみ)がこのモチーフの鍵を次の歌のなかに与えている」(図1-1)

　そして引用しているのが、次の歌である。

谷風に　　とくる氷に　　ひまごとに
　　　　打ち出づるなみや　　はるのはつ花

「ここにいう最初の花々、すぐれて「はつ花」であったものが、
まさに梅の花なのである。装飾のデザイナーたちは、この歌人
の明快というよりは大胆な映像をとりあげ、応用して、このモ
チーフをひろめたのであり、そのもつ意味はかの古き当純のウ
タがなければ私たちにはわからなかったろう」[注22]
　当純のこの和歌は、ロシア語にも翻訳され、ストラヴィンス
キーが作曲している。
　次に、桜の花のモチーフは、装飾の主題で何よりも好まれた
ものの一つである。かすかにうねる水の流れの上に漂う桜の花
びら、あるいは急流にさらわれてゆく桜の花。それらはハート
の形をした花びらで、すぐそれとわかる。梅の花には花びらの
頂の切れ目がないからである。
　ブリンクマンは、桜の花をモチーフにした紀貫之などの多く
の和歌（8首）を紹介している。以下に、引用しよう。

　　枝よりも　　あだに散りにし　　花なれば
　　　　おちても水の　　泡とこそなれ（日本語版 p.264）
　　　　　　　　　　　　　　　　（『古今和歌集』菅野高世）

　　吹く風と　　谷の水とし　　なかりせば
　　　　み山がくれの　　花をみましや（日本語版 P.265）
　　　　　　　　　　　　　　　　（『古今和歌集』紀貫之）

　　ことならば　　さかずやはあらぬ　　さくら花
　　　　みる我さへに　　しず心なし（日本語版 p.265）
　　　　　　　　　　　　　　　　（『古今和歌集』紀貫之）

第1章　和歌のジャポニスム　　23

桜花　とくちりぬとも　おもほえず
　　人の心ぞ　風もふきあへぬ（日本語版 p.265）
　　　　　　　　　　　　（『古今和歌集』紀貫之）

はなの木も　今はほりうゑじ　春たてば
　　うつろふ色に　人ならひけり（日本語版 p.265）
　　　　　　　　　　　　（『古今和歌集』素性法師）

春ごとに　花のさかりは　ありなめど
　　あひみむ事は　いのちなりけり（日本語版 p.265）
　　　　　　　　　　　　（『古今和歌集』よみ人しらず）

いざさくら　我もちりなむ　ひとさかり
　　有りなば人に　うきめみえなむ（日本語版 p.266）
　　　　　　　　　　　　（『古今和歌集』承均法師）

ちりぬれば　こふれどしるし　なき物を
　　けふこそ桜　おらばおりてめ（日本語版 p.266）
　　　　　　　　　　　　（『古今和歌集』よみ人しらず）

　クーシューも桜をモチーフにした和歌を訳し、フランス歌曲
ともなっている。
　紅葉のモチーフについては、以下の2首の和歌を紹介している。

もみぢ葉を　風にまかせて　みるよりも
　　はかなき物は　命なりけり（日本語版 p.266）
　　　　　　　　　　　　（『古今和歌集』大江千里）

ちはやぶる　神代もきかず　たつたがは
　　から紅に　水くくるとは（日本語版 p.267）

(『古今和歌集』在原業平)

紅葉に関して、「秋、山から流れに運ばれた紅葉は、水を漂う桜の花とよく似た装飾のモチーフとなり、同じほどひんぴんとあらわれる」として、紅葉の髪留めの装飾、簪(かんざし)の図版が掲載されている(図1-2)。
「日本美術における詩歌の伝統」では、最後に和歌のモチーフ例として「砧」の和歌を挙げている。[注23]
「この砧打ちの仕事は、陰暦9月、秋の末のころ、しばしば月の美しい夜におこなわれ、詩人はそれを題材にするのである。……13世紀初頭の1首のウタが語っているのは、この詩的追憶のことである。……いまや秋風はみよし野の山麓を吹いている風が夜のなかを遠くから運んでくる砧の音は私のふるさとの村から来るかのようだ」[注24]

図1-2 「簪のモチーフ」
(『芸術の日本』復刻版、エディション・シナプス刊より)

この歌は次のものである。

　　みよしのの　山の秋風　さよふけて
　　　故郷さむく　ころもうつなり（日本語版p.268）
　　　　　　　　　　　　　　　（『新古今和歌集』参議雅経）[注25]

また、ブリンクマンは、砧によってよびおこされた李太白の著名な漢詩も引用している。
「もう新月も丸くなってきました。秋風が静かに吹いてゆきま

す。きいてごらんなさい、どの家からも砧を打つひびきが聞こ
えてきます。ああ、私の心はここにはなく、甘粛にこそ行って
います。韃靼が敗退して、夫が戦争から帰ってくれることをの
み願いながら」[注26]

長安　一片の月	長安一片月
万戸　衣を擣つの声	万戸擣衣声
秋風　吹いて尽きず	秋風吹不尽
総べて是れ　玉関の情	総是玉関情
何れの日か　胡虜を平らげて	何日平胡虜
良人　遠征を罷めん	良人罷遠征

　　　　　李白『子夜呉歌四首　其三』

　ブリンクマンが和歌のみでなく、李太白の漢詩も引用し
て、李太白を「中国の最も偉大な抒情詩人の一人 un des plus
grands poètes lyriques de la Chine」と紹介しているのは注目す
べきことである。ブリンクマンは日本の古典詩歌を、「抒情詩
lyrischer Gedichte」として紹介している。

　のちにクーシューも、「砧の音」および「月」を主題にし
た和歌「小夜ふけて　砧の音ぞ　たゆむなる　月をみつつ
や　衣打つらむ」(『千載和歌集』)を、論文「日本の文明 La
Civilisation Japonaise」にフランス語訳した9首の和歌の最後
として発表している。また著書『アジアの賢人と詩人』におい
ても、「砧の音」をフランスの景物に置き換えてはいるが、掲
載している。その和歌も作曲されている。

ブリンクマンの引用した和歌22首

「日本美術における詩歌の伝統［Ⅰ］」(『芸術の日本』19号掲載

分）に引用された和歌22首の原拠を以下に紹介しよう。ブリンクマンは、主にランゲのドイツ語訳によっているが、チェンバレンとディケンズの英語訳も一部参照している。フランス語訳は、ブリンクマンの訳をもとに翻訳しており、芳賀氏はフランス語版をもとに邦訳している。

　なお、以上の翻訳の順番を考慮して、資料編に、ランゲのドイツ語訳（『春ノ部』のもの）、ブリンクマンのドイツ語訳、フランス語訳、英語訳（チェンバレンまたはディケンズ）を掲載する（資料1－2）。

　　1　春やとき　花やおそきと　聞きわかむ
　　　　　鶯だにも　鳴かずもあるかな
　　　　　　　　　　　　　　　　（『古今和歌集』藤原言直）

　　2　雪のうちに　春は来にけり　鶯の
　　　　　こほれる涙　今やとくらむ
　　　　　　　　　　　　　　　　（『古今和歌集』二条の后）

　　3　春立てば　花とや見らむ　白雪の
　　　　　かかれる枝に　鶯の鳴く
　　　　　　　　　　　　　　　　（『古今和歌集』素性法師）

　　4　君がため　春の野に出でて　若菜摘む
　　　　　わが衣手に　雪は降りつつ
　　　　　　　　　　　　　　　　（『古今和歌集』光孝天皇）

　　5　ときはなる　松の緑も　春来れば
　　　　　いまひとしほの　色まさりけり
　　　　　　　　　　　　　　　（『古今和歌集』源宗于朝臣）

　　6　あさみどり　糸よりかけて　白露を
　　　　　玉にもぬける　春の柳か
　　　　　　　　　　　　　　　　（『古今和歌集』僧正遍昭）

　　7　春の着る　霞の衣　ぬきをうすみ
　　　　　山風にこそ　乱るべらなれ

第1章　和歌のジャポニスム　　27

　　　　　　　　　　　　　　　『古今和歌集』在原行平朝臣

8　誰しかも　とめて折りつる　春霞
　　　立ち隠すらむ　山の桜を
　　　　　　　　　　　　　　　　『古今和歌集』紀貫之

9　桜花　咲きにけらしな　あしひきの
　　　山のかひより　見ゆる白雲
　　　　　　　　　　　　　　　　『古今和歌集』紀貫之

10　山高み　見つつわが来し　桜花
　　　風は心に　まかすべらなり
　　　　　　　　　　　　　　　　『古今和歌集』紀貫之

11　春雨の　降るは涙か　桜花
　　　散るを惜しまぬ　人しなければ
　　　　　　　　　　　　　　　　『古今和歌集』大伴黒主

12　花の散る　ことやわびしき　春霞
　　　たつたの山の　鶯の声
　　　　　　　　　　　　　　　　『古今和歌集』藤原後蔭

13　散る花の　なくにしとまる　ものならば
　　　われ鶯に　おとらましやは
　　　　　　　　　　　　　　　　『古今和歌集』典侍洽子

14　なきとむる　花しなければ　鶯も
　　　はてはものうく　なりぬべらなり
　　　　　　　　　　　　　　　　『古今和歌集』紀貫之

15　わがやどの　池の藤波　咲きにけり
　　　山ほととぎす　いつか来鳴かむ
　　　　　　　　『古今和歌集』よみ人しらず　伝柿本人麻呂

16　山吹は　あやなな咲きそ　花見むと
　　　植ゑけむ君が　こよひ来なくに
　　　　　　　　　　　　『古今和歌集』よみ人しらず

17　はちす葉の　にごりにしまぬ　心もて
　　　なにかは露を　玉とあざむく

（『古今和歌集』僧正遍昭）

18　きのふこそ　早苗とりしか　いつのまに
　　　稲葉そよぎて　秋風の吹く

（『古今和歌集』よみ人しらず）

19　秋の野に　置く白露は　玉なれや
　　　つらぬきかくる　くもの糸すぢ

（『古今和歌集』文屋朝康）

20　山川に　風のかけたる　しがらみは
　　　流れもあへぬ　紅葉なりけり

（『百人一首』春道列樹）

21　奥山に　紅葉踏み分け　なく鹿の
　　　声きくときぞ　あきは悲しき

（『百人一首』よみ人しらず　伝猿丸大夫）

22　冬ながら　空より花の　散りくるは
　　　雲のあなたは　春にやあるらむ

（『古今和歌集』清原深養父）

最後に、装飾文様が紹介されている。

La gravure ci-contre reproduit un fragment de décor
symbolisant les trois amies du poète, la fleur du cerisier,
les cristaux hexagones de la neige et la lune, figurée par le
schéma du lièvre vu de face. Cette habitude de suggérer
l'idée de lune par la représentation du lièvre est inspirée
d'une antique légende recueillie par les poètes. L'esprit du
Japonais est tellement dressé à ces illusions, à ces symboles
perpétuels, qu'il sait deviner à l'instant quel sous-entendu
l'artiste a voulu exprimer.

ここに複製した版画（日本語版p.254下段──引用者注）は詩
人の三つの友を象徴する装飾模様の断片である。つまり、

第1章　和歌のジャポニスム　　29

図1-3 「桜の花」(『芸術の日本』復刻版、エディション・シナプス刊より)

桜の花と、雪の六角形の結晶と、真正面から見た兎の図であらわされた月とである。月を兎の姿で示唆する慣習は、詩人たちが蒐集した古伝説に由来している。日本人の心はこういった暗示、こういった象徴がたえず繰り返されて、それに非常によく慣らされているので、それを見るとすぐに何が意味されているのかを見抜くことができる。(芳賀徹訳)

なお、この説明の下段に「桜の花」の装飾模様の断片の挿絵が掲載されている(図1-3)。

ランゲ、フローレンツと日本の古典詩歌

日本詩歌の先駆的な翻訳者、研究者として著名なドイツの日本学者はカール・アドルフ・フローレンツである。フローレンツは東京帝国大学でドイツ文学・ドイツ語を講義。かたわら日本文化を研究し、東京帝国大学より文学博士号を受ける。帰国後、ハンブルク大学教授となる。彼の著書『東の国からの詩の挨拶—和歌集— *Dichtergrüsse aus dem Osten:japanische Dichtungen*』は、日本の詩歌のほか、『日本書紀』や戯曲などを翻訳したものとして、現在でも高く評価されている。同書は1894(明治27)年に刊行されたが、ドイツ本国ではなく、日本において縮緬本として刊行された。フローレンツの翻訳目的は、「日本の素晴らしい真なる詩」をヨーロッパに紹介することで

あり、「真なる詩」とは内容が豊かな長歌に多いので、そうした歌を選択したという。フローレンツは序の中で日本の多くの詩が「アフォリズムのような短さ」だとしている[注27]。

　しかしながら、ルドルフ・ランゲは、ヨーロッパへの和歌の導入に関して、フローレンツに10年先駆けている。フローレンツよりも、10年早く来日し、20代の青年期における日本体験を通じて、『古今和歌集』の初めの2巻「春ノ部」全134首（巻第一　春歌上 68首、巻第二　春歌下 66首）を、ドイツ語に全翻訳した。翻訳集は、帰国後、ベルリンにおいて1884年に刊行されている。

　同書の「序文 Vorwort」において、ランゲは自ら、「7年間ドイツ語とラテン語の教師として東京医学校（現東京大学医学部）に勤めていた」と述べている。東京大学総合図書館には、「東京帝国大学　傭外国人教師・講師履歴書」が所蔵されている。その「履歴書」第1冊上巻にランゲの経歴が、手書きで記載されている。24歳で来日し、東京医学校にドイツ語とラテン語の教師として在籍したこと、その期間は、明治7年〜明治14年の7年間であることが明記されている（資料1－3）。

　同書の「序文」をもとに、『古今和歌集　春ノ部』の翻訳の経緯について紹介されている箇所を以下に試訳する。

　　最も古く、同時に最も優れた歌集である『万葉集』と『古
　　今和歌集』では、後者の方が言葉と内容の平易さにおいて
　　傑出している。したがって、これは日本の古典詩歌の初歩
　　的研究に最適なのである。編者はここに研究の成果として
　　『古今和歌集』の初めの二巻、「春ノ部」の翻訳を発表する
　　次第である。この歌集におけるある種の優雅さと素朴さは
　　読者諸氏に相応の印象を与えることを期待している。最も
　　シンプルな形式の抒情詩以外の何物でもない（die nur Lyrik
　　in einfachster Form）。すべての日本の古典詩歌においてと同

第1章　和歌のジャポニスム　　31

様に、そこに偉大な思想を見いだそうとするのは、無駄な
ことである。

　ランゲは、日本の古典詩歌の特性について、「最もシンプル
な形式の抒情詩以外の何物でもない」こと、「そこに偉大な思
想を見いだそうとするのは、無駄なことである」と述べている。
フローレンツが日本の古典詩歌に「真なる詩」としての「内容
の豊かさ」を見いだそうとしているのに対して、ランゲは「抒
情性 Lyrik」に日本の古典詩歌の特性を見いだしている。
　ブリンクマンが参照していた、ランゲによるドイツ語訳のテ
キストについて紹介していこう。ランゲの原書 *Altjapanische
Frühlingslieder aus der Sammlung Kokinwakashu* は、ランゲが
明治期に在籍していた東京大学の総合図書館に所蔵されている。
　ランゲは、「導入 Einleitung」（p.V・VI）において、『古今和
歌集』について次のように紹介している。

　　『万葉集』に続く歌集であり、日本の歌の最盛期の、最上
　　の成果を含んでいる『古今和歌集』は、醍醐天皇の勅命の
　　もと、紀貫之、紀友則、凡河内躬恒、壬生忠岑の4人の歌
　　人によって編纂された。この勅命は延喜5年（905）に下さ
　　れ、その任務とは、『万葉集』に収められなかった古い歌
　　だけではなく、新たに彼らとその同時代のひとびとによっ
　　て書かれた歌をも集めようというものであった。これは
　　「二十一代集」の名で知られている歌集の中で最も古いも
　　のである。この選集の最も大きな功績は、最初に挙げた歌
　　人、貫之によってなされる。彼は4人の歌人のうちで最も
　　多くの歌を提供しただけでなく、作品全体の序文を書いた
　　のである。この序文は、主としてそれが純粋な和文体とし
　　て伝えられた最初の文章であり、漢字から派生した日本語
　　の音節文字である仮名文字が採用されているという理由か

ら、いつの時代においても高く評価されてきた。

　以上のように『古今和歌集』について解説してから、編者貫之による初めての和文「ひらがな」による序、「歌の本質」に関する部分を、『古今和歌集』からの訳ではなく、本居宣長による翻案から訳したと「導入」で断り（p.VI）、ドイツ語に訳している。以下にドイツ語原文を引用する。

　　Was man Poesie nennt, das hat seinen Ursprung im Gefühl
　　des Menschen, das er in Worten ausdrückt. Mannigfach
　　sind nun die Verhältnisse auf der Welt,：die den Menschen
　　berühren, und wenn er seine Gedanken dabei, z. B. bei
　　sinnlichen Wahrnehmungen zum Ausdruck bringt, so
　　entsteht ein Gedicht.
　　Die auf den Zweigen singende uguisu (ficedula coronata S.),
　　der quakende Frosche im Wasser, sie drücken ihr Gefühl
　　auch aus, und auch das kann man ein Gedicht nennen. So
　　giebt es kein lebendes Wesen, das nicht Gedichte machte.
　　詩は人が言葉で表現したい感情の中にその起源をもつ：人がこの世で受ける思想や感情は多種多様であるが、もしそれを感覚的に表現しようとするとき、そこに詩は成立するのである。
　　枝でさえずる鶯も、水辺で鳴く蛙も、彼らの感情を表出しているのであり、これも一つの詩ということができる。だから、詩を作らない生き物は存在しない。

　本居宣長による翻案とは、芳賀矢一が「独逸人ランケと云ふ人が春の部の歌を古今集遠鏡によって翻訳したものもあります」と紹介していたように、宣長の『古今和歌集遠鏡』にある『古今和歌集』の序の口語訳であることがうかがえる。

第1章　和歌のジャポニスム　　33

ランゲは、この『古今和歌集』の「歌の本質」に関する部分のドイツ語訳も付して、『古今和歌集』の初めの2巻「春ノ部」をドイツ語に全翻訳している。それらのドイツ語訳は、ギリシャ・ローマ以来のヨーロッパ伝統の2行詩の形式を用いている。しかも、全134首の翻訳全体にわたって、1首についてのシラブル数は28ないし29で、31音に近づけようとしている。2行目は、ほとんどが14シラブルであり、下の句の7・7に近づけて翻訳していることがうかがえる（資料1－4・5）。

　また、「導入」（p.XVIII）において、『古今和歌集』の和歌の構造についても、ヨーロッパ詩歌と対比しながら以下のように説明している。

　　　『古今和歌集』の大部分はそのような「うた uta」であり、
　　　第19部の4首だけが「ながうた naga uta」と呼ばれる長
　　　詩である。「うた」は、日本詩歌にはないリズムというも
　　　のを除けば、その構造においてヨーロッパ詩歌の2行（連）
　　　詩（distichon）にとてもよく似ている。「上の句」という17
　　　音の前半は2行連詩の6歩格（Hexameter）に対応し、14音
　　　の「下の句」は5歩格（Pentameter）に対応する。「上の句」
　　　では第5音および第7音のあとに、「下の句」では第7音の
　　　あとに区切りがくる。この両者の間に意味上の区切りがあ
　　　ることが多い。
　　　この「上の句」と「下の句」の間の区別は日本語原文では
　　　明示されないことが多いが、私の翻訳でははっきりさせて
　　　おいた。「うた」がわれわれの2行（連）詩に類似してい
　　　ることは、すでにロニーが指摘しており、ショットはいく
　　　つかの訳詩において実際に試みてもいる。[注28]

　ランゲは、ヨーロッパの人々が和歌を理解しやすいように、西欧の詩で6歩格とか5歩格というときの「歩格」あるい

は「脚」は、長音節と短音節の組み合わせを単位としている
が、そのヨーロッパ伝統の2行詩を用いながらも、和歌の韻律
5・7・5・7・7のシラブルを尊重して翻訳していることがうか
がえる。また和歌の本質を「抒情性 Lyrik」に見いだしている。

　ランゲによって見いだされた日本の古典詩歌の特性は「抒
情性」であり、「最もシンプルな形式の抒情詩以外の何物でも
ない」との紹介は、ブリンクマンのドイツ語論文および、その
フランス語版・英語版を通じて、ヨーロッパ世界に発信され
た。ブリンクマンのフランス語版の論文の「日本の美術にお
ける詩歌の伝統（Ⅰ）」において、日本の美術工芸の源泉とし
て和歌が紹介された。和歌は「ウタ outa」と表記されて、「一
種の抒情的エピグラム une sorte d'épigrammes lyrique」と紹
介され、日本の古典詩歌は「日本の抒情詩 poésies lyriques des
Japonais」とされた。

　これを通して、和歌の存在と、日本の古典詩歌の本質が「抒
情性」にあることが、広くヨーロッパの人々に知られるように
なったとみられる。20世紀に俳句がヨーロッパに紹介された
とき、すでに和歌の翻訳を通じて、日本の和歌はその存在を知
られており、俳句が享受される下地があったとみることができ
る。これこそが俳句のジャポニスムの開花への鉱脈となってい
ったのではないだろうか。

注————————
　1　馬渕明子　別冊解説　「『芸術の日本』—新たなパラダイ
　　ムの誕生」『ジャポニスムの系譜　第8回配本　芸術の日本
　　仏・英・独語版復刻集成』Edition Synapse　2013　p.6
　2　注1同解説　p.7
　3　小倉久美子「黎明期の万葉集翻訳」『万葉古代学研究年報』
　　第15号　奈良県立万葉文化館　2017　p. 5-6
　4　注3同論文　p.7

5 *Le Japonisme* Paris Réunion des musées nationaux 1988 p.100

6 C'est Teika qui a écrit le livre des "Cent poètes" qui a été édité et illustré tant de fois. p.182

7 エコール・ノルマル大学文学部図書館におけるクーシューの学生貸出簿1899年5月15日付に、ルイ・ゴンス『日本の美術 L'Art Japonais』(Ancienne Maison Quantin, nouvelle édition corrigée 1886) の記載がある。これは改訂版である(エコール・ノルマル文学部図書館所蔵)。

8 Gustave Geffroy Les paysagistes japonais *Le Japon Artistique* N.32 1890 p.91–100

9 ギュスターヴ・ジェフロワ「日本の風景画家 [I]」『芸術の日本』美術公論社 1891 p.438

10 Gustave Geffroy Les paysagistes japonais *Le Japon Artistique* N.32 1890 p.99

11 クーシューがフランス語訳したのち、クロード・デルヴァンクールによって作曲され、「露の世 Ce Monde de Rosée」と題する歌曲集の一曲になった。

12 芳賀徹「日本文化研究としてのジャポニスム」『芸術の日本』美術公論社 1981 p.513

13 馬渕明子監修『芸術の日本』仏・英・独語版復刻集成 全6巻＋別冊解説 Edition Synapse 2016

14 『芸術の日本』20号 p.108

15 芳賀矢一『国文学史十講』冨山房 1899

16 芳賀徹訳「日本美術における詩歌の伝統 [I]」『芸術の日本』19号 美術公論社 1981 p.251
que pour comprendre un art étranger il est essentiel de se familiariser avec le pays, avec sa flore, sa faune, avec ses mœurs, ses usages, avec son histoire (*Le Japon artistique*, La tradition poétique dans l'art au Japon p.85)

17 注16同論文 p.252
Chez les Japonais, ce sont les poèmes, les vieux poèmes nationaux, qui décèlent le mieux cet état d'âme. (*ibid.*, p.85)

18　注16同論文　p.252

Le trésor de la vieille poésie japonaise a inspiré l'artiste dans
ses œuvres les plus géniales ; lui surtout a guidé la main des
plus habiles artisans en leur fournissant une mine inépuisable
de motifs d'ornementation. (*ibid.*, p.86)

19　注16同論文　p.252

Par-dessus tout, c'est le cycle des saisons qui remplit
d'enthousiasme le poète des vieux temps classiques. Sous la
forme concise de ses aphorismes lyriques, non seulement il
déroule devant nous les aspects changeants que chaque saison
nouvelle imprime aux paysages de sa belle patrie, suivant que
s'éveillent et meurent les plantes et les fleurs ; non seulement
il s'émeut du contrecoup de ces transformations sur la vie
des animaux, mais encore il sait rendre, jusque dans leurs
nuances les plus délicates, les sensations que ces spectacles
éveillent dans le cœur de l'homme. (*ibid.*, p.86)

20　注16同論文　p.252

La connexion entre ces anciennes poésies et l'industrie
japonaises des temps modernes est si étroite, que leurs
sujets revivent dans toutes les productions artistiques. Il se
retrouvent dans les dessins pour décorateurs, ils se lisent sur
les boîtes en laque ; les ciseleurs en ornent leurs accessoires
de sabres, le céramiste en revêt ses poteries et le tisseur les
raconte dans tous ses ouvrages. (*ibid.*, p.87)

21　芳賀徹訳「日本美術における詩歌の伝統［II］」『芸術の
日本』20号　美術公論社　1981　p.263-264

22　注21同論文　p.264

23　注21同論文　p.267-268

24　上掲日本語版　p.267-268

25　*Le Japon artistique*, La tradition poétique dans l'art au
Japon, [II]（pp.101-102）

Ce travail se fait dans le neuvième mois, vers la fin de
l'automne, et souvent le soir, par ces beaux clairs de lune dont

les poètes s'inspirent. [...]Or, la cadence des coups du kinota,
lorsqu'un Japonais les entend loin de son pays lui rappelle
les lieux où il a passé son enfance et les vieilles coutumes
que l'on y observe ; si bien qu'il finit par entendre le *kinota*
de son propre village. C'est à cette poétique réminiscence
que se rapporte un outa du commencement du XIII siècle :
《Maintenant les souffles de l'automne balayent la pente de
Miyoshino, et le son du kinota que de loin le vent apporte à
travers la nuit, semble arriver de man village natal.》
"Die Poetische Überlieferung In Der Japanischen Kunst [II]"
(p.105–106)
Diese Arbeit geschieht im neunten Monat des Jahres, im
Spätherbste und oft des Abends bei Mondenschein. Der Takt
des Kinota–Schlagens erinnert den Japaner, wenn er fern von
seiner Heimat, an die Stätten seiner Kindheit und ihre alten
Gebräuche. Auf diese poetischen Erinnerungen bezieht sich
eine Uta vom Anfang des XIII.Jahrhunderts :
《Herbstwind saust nieder von Myoshinos Abhang, trägt
vom Heimatdorf fernher durch die Nacht mir zu des
Gewebeklopfens Klang.》（Shin–Kokinshifu 483）
26 *Ibid.*, [II], p.102
Un sentiment analogue a été éveillé par le kinota cinq siècle
plus tôt dans le cœur d'un Chinois, Li T'ai–Po, un des plus
grands poètes lyriques de la Chine. Une femme, aspirant au
retour de son mari retenu à la guerre contre l'invasion tartare,
s'écrie : 《Déjà le croissant de la lune s'arrondit, et le vent
d'automne souffle doucement. Écoute, voici que les coups du
battoir résonnent dans chaque maison.

　　　Hélas ! mon cœur n'est point ici, mais à Kansuh,
　　　souhaitant que
　　　les Tartares soient défaits et que mon mari revienne de la
　　　guerre.》

芳賀徹訳によった。

27 注3同論文 p.29

28 Wilhelm Schott Einges zur japanischen Gedicht-und Vers-
kunst, *Akademie Der Wissenschaften,* Berlin 1878

第2章

クーシューと和歌と俳句との出会い

エコール・ノルマル・シュペリウールでの勉学

　ポール゠ルイ・クーシューは、1879年7月6日にフランスのリヨンにほど近い、イゼール（Isère）県ヴィエンヌ（Vienne）に生まれた。18歳でソルボンヌ大学において哲学の文学士号を取得し、1898年にはエコール・ノルマル・シュペリウールに入学、3年間在籍し、ベルクソン等のもとで哲学を学ぶ。[注1]

　エコール・ノルマル在学中（1898-1901）の同文学部図書館の学生貸出簿すべてが手書きで記録されており、スピノザ、パスカルなどの哲学書や文学書などその数は700冊にも及んだ。[注2]文学書では、ロマン主義のラマルティーヌやミュッセの詩集、ユゴー、フローベールの小説などがあり、ゲーテの作品は何度も借りている。

　在学中の2年目、1899年5月には60冊もの記入があるが、5月15日付のリストには哲学書など17冊のうちに、ルイ・ゴンスの『日本の美術』があり、翌月の6月5日に返却している。[注3]この本には、藤原定家が『百人一首』を編纂した旨も記載されている。

　翌1900年、パリで19世紀万国博覧会の最後を飾る華麗で大規模な博覧会が開催された。トロカデロ庭園に建てられたパヴィリオンでは日本の古美術展が企画されている。万博会場から遠くないユルム通りのエコール・ノルマルの学生であったクーシューが、日本の美術展を初めて見る機会となったのではないだろうか。青年期の前半にあたるエコール・ノルマル時代に、すでに日本美術との出会いがあり、一方、ロマン主義のラマルティーヌの詩集など文学書の読書体験を通じて、のちの俳句や和歌の発見と紹介を可能にした文学的素養が培われていたとみられる。

第2章　クーシューと和歌と俳句との出会い　　43

「世界周遊」パリ大学給費生の選出と日本への旅

　20世紀に入って、1901年9月、クーシューはエコール・ノルマル卒業後、哲学の上級教員資格（アグレガシオン）を取得し、翌1902年10月、フランスからドイツへ赴き、ゲッティンゲン大学フランス語外国人講師として着任した。1902年4月、ゲッティンゲンで最初の著書、スピノザの研究書『ブノワ・ド・スピノザ *Benoît de Spinoza*』を完成し、『大哲学者叢書 *Les Grands Philosophes*』に所収されて、パリのアルカン書店より刊行（1902、再版1924）される。

　さらに9月には、「世界周遊」のパリ大学給費生（のちのアルベール・カーン Albert Kahn基金より給費）に応募した。その目的の一つは、「将来の博士論文に向けての社会学」の研究への関心、古代や東洋について、特に「極東の近代社会の類型」の研究にあたることであった。その研究のための長期滞在希望地として、アテネや極東にあるフランス学院を挙げ、一方、「現代アメリカの心理学に対しての研究準備」のため、アメリカの大学に長期滞在を希望している。全体の旅程は、約2年という希望案を記しているが、具体的な滞在地として日本に言及している記述はない。

　1902年7月、ゲッティンゲンで5通の応募書簡を提出後、クーシューは「世界周遊」給費生として選出された。クーシューを筆頭に3人（18人中）が世界周遊給費生としてパリ大学評議会より指名されている。クーシューの世界周遊給費生への志願は、エコール・ノルマルのシュペリウール学長の推薦状ほかによって支持されていた。

　7月28日にクーシューがゲッティンゲンからパリ大学総長に提出した「世界周遊」応募書簡を確認する機会を得た。前著で全文を紹介したが、パリ大学の給費生として選ばれたことへの

感謝を述べ、ゲッティンゲン大学へ辞職願を出したことを報告
し、「正式な」世界周遊の計画を提出している。

　注目すべきことに、ここには日本訪問の希望が明記され、
「中国と日本に夏の初め数か月寄港することになるでしょう」
とある。また、切なる滞在希望としてフランス国立極東学院を
挙げている。そして給費生としての破格の待遇の希望も、「パ
リ大学の給費生であると同時に、ある程度その使節でもあると
いうことの名誉をパリ大学にお願いいたします」「東京大学の
学長に推薦していただけたら幸いです」と率直に述べている。

　1902年9月16日、2年間の世界周遊に向けてフランスを船出
し、1903年4月、復活祭の時期にいったんフランスに戻ったの
ち、予定を変更してアメリカ東部からカナダをめぐって、日本
へと向かった。

メートルとの出会いと和歌・俳句の発見
―「世界周遊」報告書簡

　1903年9月7日、クーシューは横浜に到着した。同日、シア
トル経由で横浜に入港した日本汽船駕籠丸の乗船名簿中にクー
シューの名がある。

　クーシューの日本体験はどのようなものであったのか。そこ
に、俳句・和歌発見の経緯を探っていきたい。日本での滞在
先は、先輩のクロード＝ウジェーヌ・メートル（Claude-Eugène
Maître 1876-1925）の家であった。メートルは、1895年、エコー
ル・ノルマルに入学して哲学を学び、第1回「世界周遊」給
費生として1899年に初来日。のちフランス国立極東学院の研
究員として1902年から約2年間滞日し、東京市小石川原町102
に住んだ。日本関連の彼の論文が、『フランス国立極東学院紀
要』（BEFEO）に多数掲載されているが、最も注目すべき論文は、
時評「日本 Japon」である。これはチェンバレンの『芭蕉と日

本の詩的エピグラム Basho and the Japanese poetical Epigram
(1902)』のメートルの書評（*BEFEO* Tome II, 1903）である。こ
の論文はフランスにおける日本の古典詩歌受容の最初期の歴史
的文献であり、クーシューの俳句および和歌との出会いとなり、
さらに俳句フランス語訳紹介の参考資料となった。

　クーシューが給費生応募時の研究希望予定地や給費生選出後
に関する書簡でフランス国立極東学院を強く希望していたの
は、極東への関心と同時にメートルの存在をすでに知っていた
からではないだろうか。メートルの家は、当時、東京帝国大学
教授であったドイツの日本学者カール・フローレンツの一時帰
国中の留守宅である。クーシューが日本の詩歌やアジアを理解
し、研究するためには非常に恵まれた環境にあった。この家で、
1903年12月にクーシューはメートルとともに、画家黒田清輝
と会っていることが『黒田清輝日記』に記されている。[注5]

　クーシューは、メートルのおかげで日本研究に関して「種々
の研究」ができ、「日本の抒情的古典芸能」や「日本の古典詩
歌」を学んだこと、また「いくつかの論文に着手」したこと、
それを完成させて「フランスに帰り次第」提出するつもりであ
ることを、パリ大学総長に伝えている。さらに、日露戦争の勃
発に遭遇し、メートルとともに「近代日本に関して」見聞を広
めている。

　この「いくつかの論文」については、帰国後に発表された論
文として以下の2点がある。

　1906年4月から8月にかけて、「ハイカイ（日本の詩的エピグ
ラム）LES HAÏKAÏ（Épigrammes poétiques du Japon）I–IV」を
フランスの月刊文芸誌（*Les Lettres*, No.3-7, 1906）に4回にわ
たって連載し、[注6]1907年9月には、「日本の文明 La Civilisation
Japonaise」を同誌（*Les Lettres*, No.20, 1907）に発表している。[注7]

　前者は俳句をフランス語訳して紹介し、後者では和歌のフラ
ンス語訳が紹介され、クーシューの日本体験をもとにした日本

文化論が述べられている。

　和歌との出会いについては、パリ大学総長への最後の「世界周遊」報告書簡中に「メートルから日本の古典詩歌（poésies classiques japonaises）を学んだ」とある。「日本の古典詩歌」が和歌を指すことは、「日本の文明」中に「微小なる詩」で、「5行からなる、日本語で31音」と前置きして、和歌を9首フランス語訳していることからも知られる。また、著書『アジアの賢人と詩人』第1章「日本の情趣」中に、「ウタあるいは古典的な詩 uta ou poésies classiques」とも記述されていることからも明らかである。[注8]

　俳句に関しては、書簡中に直接の記述を見いだすことができなかった。「世界周遊」報告書簡中にクーシューが俳句という言葉を記さなかったのは、和歌のフランス語訳はフランスで19世紀後半に東洋学者レオン・ド・ロニーらによって公刊されていたが、俳句は20世紀初頭までクーシュー以前にフランス人によって本格的に翻訳紹介されておらず、ほとんど知られていなかったことが一因と考えられる。20世紀初頭のフランスで、俳句の紹介が掲載されているテキストは、W. G. アストン（William George Aston 1841-1911）の『日本文学』のフランス語訳[注9]と、先述したメートルによる時評「日本」（チェンバレンの俳句紹介論文「芭蕉と日本の詩的エピグラム」の書評）のみであった。

　したがって東京からの書簡では、「ハイク」または「ハイカイ」という未知なる分野に言及せずに、「成し遂げたい仕事」を完成して、帰国後に提出するつもりである旨を報告したのではないだろうか。その「仕事」の成果が、「ハイカイ（日本の詩的エピグラム）」であることが推定される。

　1904年7月、日本から帰国後に、クーシューは、哲学や日本関連の研究者にはならずに、9月よりパリ大学医学部博士課程に進んだ。そのかたわら、クーシューは俳句紹介の実践活動を始めている。

第2章　クーシューと和歌と俳句との出会い　　47

俳句紹介の実践活動

クーシューのもとに「ハイジンの最初のグループ」ができたことを、そのメンバーの一人ジュリアン・ヴォカンスが当時を回想し、報告している。

「最初のハイジン・グループ」
我々は今1900年頃に居合わせています。いく人かの仲間、すべて学生ですが、定期的にシャンポリオン通り、彼らのうちのひとりポール＝ルイ・クーシューの部屋に集まるのです。〔略〕かの地から持ち帰った貴重なカケモノのいくつかを我々のためにひろげつつ、彼はバショウ（芭蕉）、ブソン（蕪村）の美のヴェールをとり、我々に日本人の感受性について手ほどきし、ハイカイとは何か説明し、当時この詩の形式を指し示していた三つの名のうちまもなく決定的に優位をしめるにちがいないもの（ハイカイ）を選ぶのです。〔略〕そこには一家の主人に加え、のちのエモンの四人息子の記念碑の制作者、彫刻家のアルベール・ポンサン、〔略〕戦争の結果、時期早々に亡くなった画家アンドレ・フォール、クーシュー同様、エコール・ノルマル卒業生で、後に『デバ』誌の評論家となったユベール・モラン、最後に、〔略〕私めがおりました。^{注10}

ヴォカンスは、当時のクーシューの住所をシャンポリオン通りと書いている。しかし、パリ大学医学部博士課程の在籍証明文書やクーシュー自身が1904年から数年間に書簡に明記している住所は、ソルボンヌ通り20番地である。ロダン宛ての書簡（1905）やアナトール・フランス宛て書簡（1906年6月26日）に同住所が明記されている。

クーシューはカルチェ・ラタンに住んで、医学という新しい研究分野に進みながら、フランスの著名な文人や芸術家と交流している。帰国後も、日本滞在時と同様、多面的な文化交流の活動に取り組み、俳句活動を展開していったのである。そして1905年7月、「ハイジンの最初のグループ」の成果ともいえる初めてのフランス語のハイカイ集『水の流れのままに』を友人（「ハイジン」仲間）とともに自費出版する。

　その翌1906年に発表した「ハイカイ（日本の詩的エピグラム）」は、フランスにおける初めての本格的な俳句の翻訳紹介となった。この草稿では、そこにフランス語訳されている芭蕉や蕪村の句例を参考にして、フランス・ハイカイの実作が試みられているので、ハイカイ集が発表された1905年以前に成立していたことが推定される。

メートルの論文「日本」

　クーシューと俳句との出会いは、メートルに多くを負っている。クーシュー自身が論文「ハイカイ（日本の詩的エピグラム）」の注（1）に、チェンバレンの芭蕉に関する情報と作品例を参考にしたことと、メートルとその論文からの影響を次のように明記している。「また、友人クロード・メートル氏の深い学識に負っている。彼は『フランス国立極東学院紀要』の中で俳句について充実した内容の紹介文を書いている」。

　メートルの論文には蕪村の名がローマ字ばかりでなく、漢字でも紹介され、俳句も2句が3行表記でフランス語訳されている。チェンバレンの論文で初めて蕪村の俳句（13句）が英訳（2行表記）されたうちの2句（「待人の足音遠き落葉かな」「春雨やものがたりゆく蓑と傘」）である。メートルは蕪村に恋の句があることを見いだしている。チェンバレンは触れていないが、前者

第2章　クーシューと和歌と俳句との出会い　　49

の句「待人の」に関して「俳句にも恋愛感情の表現がある」とし、後者「春雨や」は「こんなにも狭い枠の中に詩的なインスピレーションを盛り込んでいる」例として紹介している。この2句については、クーシューもメートルのフランス語訳を踏襲しているが（「待人の」の句のフランス語訳はメートル訳と同一である）、この2句以外は、クーシューが初めて翻訳したものである。

クーシューの論文「ハイカイ（日本の詩的エピグラム）」の発表

クーシューの「ハイカイ（日本の詩的エピグラム）」には蕪村を中心とする158句がフランス語訳されている。クーシューのフランス語訳が3行表記でなされている点はメートルにならっている。クーシューはメートルなどのようにローマ字書きの原句を明記していないが、俳句に関する簡単な解説を付し、ローマ字書きで俳人の名を添えている。

それらは古くは山崎宗鑑や荒木田守武などから、芭蕉や向井去来、宝井其角などの蕉門、また上島鬼貫、そして加賀千代女、さらに蕪村らに至るまでのほぼ40人にわたっている。とりわけ蕪村の句は実にその3分の1以上を占めており、チェンバレンなどによる芭蕉を重視してきた従来の俳句紹介と逆転して最も多い。特に「ハイカイⅢ」の号に蕪村の句が最も多く、63句がフランス語訳されている。フランス語訳された蕪村の句が典拠とした日本側の文献については、ほかの俳句と同様クーシューは明記していない。63の原句を探索した結果、すべて『蕪村句集講義』（1900-1903、俳書堂）に収められていることが判明した。それらの解釈とクーシューのフランス語訳と照応するものがかなり見られる。

クーシュー来日の時期（1903-1904）が、『蕪村句集講義』の

完結の直後にあたっていたことも理由の一つと思われる。『蕪村句集講義』の第1版は春之部（1900）、夏之部（1902）、秋之部（1903）、冬之部（1900）をもって完結していた。

　日本語や俳句の予備知識のないクーシューは、どのようにして蕪村の俳句の魅力を知ったのであろうか。それはメートルの時評「日本 Japon」とチェンバレンの論文を介していることが推測される（資料2－1）。チェンバレンの論文には、巻末に俳句文献の一覧が付されており、『蕪村句集講義』が明記され、ローマ字も併記されている。メートルはチェンバレンの論文を通じて『蕪村句集講義』の存在と、まだ注釈がなされていない未刊の蕪村の夏之部、秋之部に大きな関心をいだき、クーシューはメートルの翻訳を介して『蕪村句集講義』の俳句を共に読み、心惹かれてフランス語訳する機会を得たのではないだろうか。特にチェンバレンの論文を通じて蕪村の情報を得たことによると考えられる。その成果は、クーシューの論文「ハイカイ」を通じて、20世紀初めの蕪村再興を、チェンバレンやメートルを介してフランスにいち早く伝える「報告」となった。

　クーシューは俳諧を、「ハイカイ HAÏKAÏ」と表記している。その特質として「抽象はそこから排除される l'abstrait en est éliminé」こと、「日本風の素描 un croquis japonais」のような「大胆な単純化 simplification audacieuse」や「写実的な描写 la peinture réaliste」などを紹介している。また、その定義として「一瞬の驚き un bref étonnement」を挙げ、そのモチーフには伝統的な「ウタ」と比較して「禁じられた題材はない pas de sujets interdits」こと、その意味として「滑稽 comique」なども挙げている。

　翻訳の配列構成は、四季別の分類の代わりに、便宜上と断った上で3部門（Ⅰ 動植物 Animaux et plantes、Ⅱ 風景 paysages、Ⅲ 小風俗画 scènes de genre）の区別が立てられ、Ⅳとして作者別（主に芭蕉と蕉門そして蕪村まで）が付け加えられている。最終部

（Ⅳ）において、クーシューは特に蕪村に関して、芭蕉、蕉風以後の俳句衰退期（1720-1750）のあとに、18世紀半ばから俳句を再興した時代の大家として名前を挙げ、「その時代の偉大な俳人は蕪村（1716-1783）であり、独立独歩で、斬新な画風をもつ京都の絵師であった」[注11]と紹介している。この箇所はチェンバレンのテキストを介している。クーシューはまた、蕪村の俳句に関して、次のように絵画性と題材の多様性、そして素朴な人間性などに非常に高い評価を与えている。

蕪村の俳句を芭蕉に比較すると、その深さ、高雅さ、哲学的な点は芭蕉に及ばないが、蕪村の作品の方が純粋な絵画性があるという点で優れており、おそらくもっと多様性に富み、しばしばより素朴な人間性にあふれているように思われる。蕪村句集を一冊読めば、俳句というものの題材のすべてを理解できるであろう。[注12]

クーシューによってフランス語訳された蕪村の句

クーシューが蕪村のどのような句を選んでいるのか、63の原句の中から紹介しよう。

部門別に、訳出の句数の多い順に見ていくと、「小風俗画」、つまり人事にあたる句が最も多く、31句を占める。

クーシューは俳句の歴史について、「俳句の黄金時代である17世紀においては、俳人はもっぱら風景画家、動物画家であったが、18世紀になって初めて小風俗画に関する部門が盛んになった」とみなす。そして、「素朴な人間性にあふれている」さまざまなタイプの人物、たとえば農民、樵、坊主などを題材とし、その表情や一瞬間の情景を「写実的」に、また「滑稽」に描写している句をとりあげる。

また「小風俗画」には、女人の句も「浮世絵と見紛うばか
り」と評して選んでいる。極東の近代社会学を学びたいという
目的を抱いていた若きフランス人世界周遊給費生の、日本の市
井の人々の生きざまや、その優れた「写実的描写」の句、また
俳句のモチーフに対する深い関心をうかがわせる。

「小風俗画」に続いて多いのは、「風景」の部門に属する句で、
17句、約3分の1を占めている。「風景」に属する「春雨や」
の句は、一つのディテールで場面を動的にユーモラスに描写し
ている例としてとりあげている。

Pluie un jour de printemps.　　　春の日の雨。
Cheminent en bavardant　　　　　お喋りしながら歩む
Un manteau et un parapluie.　　　外套と傘。

　　　　　　　　　　　　　　　（春雨やものがたりゆく蓑と傘）

　動植物の部門では、クーシューは「俳人は植物を動物と同じ
ように、生命、性格をもっている」と考えており、牡丹のよう
な花を部屋に「飾りとしてというより、むしろ親しい友という
気持ちで備えている」と述べ、牡丹を詠った句を選ぶ。

　さらにクーシューは、日本の植物に関する伝統的な象徴が西
洋人にとっては理解しにくいことを認めながらも、最も優れた
詩人がより普遍的な象徴性を自分たちの暗示するものに求めて
いるとしている。その例として、「簡素なアネモネは簡素な村
の寺を想起させる」という前置きとともに、以下の句を訳出し
ている。

Simplement　　　　　　　　　　　質素に
Une anémone dans un pot　　　　　壺に一輪のアネモネ
Temple rustique.　　　　　　　　　田舎の寺

　　　　　　　　　　　　　　（かりそめに早百合生ケたり谷の房）

この原句の夏の季語「早百合」は、フランス語訳では西洋の春の野の花、アネモネに置き換えられ、季節感は失われているかもしれない。だが、フランス語訳に見られる鄙びた寺院内の慎ましやかな雰囲気と、可憐にして野趣のある花の清潔感との取り合わせは、季節感の違いを超えて原句の風情と照応しているように思われる。西洋において百合は、キリスト、聖母マリアの所持するものであり、きわめて重要な象徴性を担っている花である。

　原句の景物の置き換えは、「田螺」が「蝸牛」、「おみなえし」が「松虫草」になるなど、動植物の部門に多く見いだされる。ほかの部門でも、「鮎」が「鱒」、「狸寝入り」が「狐寝入り」にされているといった例を挙げることができる。クーシューの翻訳に関しては、誤訳もあり批判的な指摘もあるが、俳句を知らないフランスの読者のために、原句の言葉には忠実ではないものの、紹介者として原句の詩情を伝えるべく、フランス流の感性とエスプリを交えた配慮をしていることがうかがえる。「ハイカイ」の論文には、その魅力や特質などについて、俳句を浮世絵と照応させながら紹介している。

　俳句を「日本の芸術の一形式」であるとみなし、その特質として「大胆なほどの単純化」を挙げ、「明確な幾本かの描線のうちに動きのある情景の細部や風景の無限のひろがりを封じ込めている、日本風の素描」と記している。俳句の歴史について、絵画と対比して、「最盛期は17、18世紀頃」であるが、「その発展は絵画における大衆派、つまり浮世絵の発展と同時期」であり、ハイカイ（俳諧）という名は、「滑稽な」「大衆的な」という意味であるとする。

　伝統的な「ウタ」と比較して、「写実的な絵」つまり「版画や絵手本 des estampes et des livres d'images」には「禁じられた主題はない」ことを記し、「そこには日本人の生活がそっく

りそのまま息づいている」と述べている。また、「俳句の黄金時代である17世紀においては、俳人はもっぱら風景画家、動物画家であったが、18世紀になって身のまわりの風俗描写の部門が盛んになった」とみなしている。

「俳人たちの中には農民や遊女を描くことに卓越した専門家が出るようになった」こと、「春信や湖龍斎のように、女人ばかり描く一派もあった」ことも述べ、「浮世絵と俳句の区別が記憶のなかではっきりわからないほどである」と記して、「鍋提げて淀の小橋を雪の人」をはじめとする蕪村の俳句や川柳もフランス語訳で紹介している。

クーシューは、チェンバレンが俳句の特質を「簡潔さと暗示力」であるとしていることも紹介している。クーシュー自身は、俳句を「一瞬の驚き」と定義し、芭蕉（「草臥れて宿かるころや藤の花」）や蕪村（「かりそめに早百合生ケたり谷の房」）、その他の句を挙げて、ここに「俳諧芸術 l'art du haïkaï」のすべてがあること、「それは私たちの感覚に与えられるつかの間の衝撃 C'est une secousse brève donnée à nos sens」であると述べている。[注13]

さらに日本の俳人たちについて、「ハイジンは指し示すだけでよいのだ Il (haïjin) lui suffit de designer」と記し、また「ハイジンは美を求める巡礼者であった les haïjin étaient en pèlerinage esthétique」とし、「彼らは北斎の画 ——『東海道五十三次』『富嶽百景』—— から私たち（西洋人）が思い描く古き日本をめぐる旅の中で、ありとあらゆる驚嘆やありとあらゆる冒険を経験していた Ils connaissaient tous les émerveillement et toutes les aventures de ces voyages à travers l'ancien Japon que nous imaginons d'après les albums de Hokusaï – le Tokaïdo ou les Cent vues de Hokusaï」とし、[注14]「日本の小径をさすらいながら、現実そのままを小片の詩（miettes de poésie）に変えてしまおうとする、すこぶる芸術的な放浪者」であるとも記している。[注15]

第2章　クーシューと和歌と俳句との出会い　55

最初のフランス・ハイカイ集『水の流れのままに』の刊行

　1905年7月、フランス語訳紹介論文発表の前年、クーシューは「日本のハイジンの魂」を実践するためのフランス運河放浪の船旅に出かける。「ハイジン」仲間の彫刻家アルベール・ポンサン（Albert Poncin）と画家アンドレ・フォー（André Faure）と連れ立って、初めてのフランス語のハイカイ集『水の流れのままに *Au fil de l'eau*』を自費出版した。このハイカイ集には著者名の記載がないが、15頁の小型本には、72のハイカイが収録されている（資料2－2）。そのいくつかを紹介する。

　　　Sur le chemin de halage　　　曳船道に
　　　En bonnets de fous　　　　　道化帽子かぶった
　　　Deux bourricots.　　　　　　二頭のロバ。

　現在ではもう見かけることのない、船を曳くロバの光景が前置詞と名詞のみの3つの小句からなる省略された構文に的確に描写されている。この句はハイカイ集の表紙の挿絵となっており、その下に書名 "Au fil de l'eau" と年月 "Juillet 1905" が記されている。

　3番目のハイカイは船中の仲間たちの様子が描写されている。自分たちを「ハイカイ作者たち Les faiseurs de haïkaï」に見立てている。

　　　Dans la dahabieh　　　　　　渡し船で
　　　Les faiseurs de haïkaï　　　　ハイカイ作者たち
　　　Eventent leurs jambes nues.　裸の脚をあおぐ。

　甜菜（砂糖の原料）を運ぶ積荷船に乗っての放浪の船旅をし

た折のハイカイ集である。作品には、夏の1か月間の舟旅における冒険と田舎の素朴な風物や人事に触れた「一瞬の驚き」がフランス語による3行のハイカイ形式でスケッチされている。『N.R.F.』誌の「ハイカイ」アンソロジーに、クーシュー作として『水の流れのままに』から初めて再録されたハイカイが11編あるが、動植物や風景をモチーフとしたハイカイが多く採られている。その中の2編を紹介しよう。

　フランスで夏の花としてポピュラーな、朱や黄色の金蓮花をモチーフとした一編。

Dans le soir brûlant　　　　燃えるような夕暮れ
Nous cherchons une auberge.　私たちは宿を探す。
O ces capucines!　　　　　ああ　この金蓮花！

　夕暮れ、探しあぐねてやっと辿り着いた宿の庭に、金蓮花の花々が落日に映えていた。思いがけない金蓮花の花々の出現の一瞬の感動が3行目に感嘆符と名詞のみの構文で描写されている。このハイカイには、芭蕉の句、「草臥れて宿かるころや藤の花」の模倣がうかがえると指摘されている。

　さらに一例を紹介する。西洋では花束を飾るのが習慣となっているが、クーシューはささやかな一輪の造花に質素な宗教生活の平安と美を見つめている句を詠んでいる。

Une simple fleur de papier　　ただ一輪の紙の花
Dans un vase.　　　　　　花瓶に。
Eglise rustique.　　　　　田舎の教会。

　このハイカイ作品が、クーシュー訳の蕪村の俳句「かりそめに早百合生ケたり谷の房」に触発されたものであることは、想像にかたくない。

第2章　クーシューと和歌と俳句との出会い　57

この作品集は、クーシューが友人とフランス運河放浪の船旅の感興を語るべく、「長々しい物語や重苦しい描写」の代わりに、3行のハイカイ形式を選んでいる。その時点のクーシューがすでに蕪村らの翻訳作業を手掛けていたという意味では、『水の流れのままに』はフランス語で書かれた最初のハイカイ集であると同時に、積極的・実践的な蕪村理解の試みともなっているといえよう。

1905年、わが国においては上田敏の『海潮音』が刊行された。その同じ年にクーシューらによって『水の流れのままに』を通じてフランス語によりハイカイ実作の先駆的な試みがなされていた。『水の流れのままに』はわずか30部刊行の小冊子であったが、のちのフランスのハイカイ詩人ヴォカンスらによってフランス・ハイカイのルーツとなってゆく。

論文「日本の文明」の発表
―フランス語訳和歌の掲載

クーシューは、1907年9月には、和歌のフランス語訳を添えた「日本の文明 La Civilisation Japonaise」（*Les Lettres,* No.20, 1907）を発表した。

その冒頭部分で、クーシューは日露戦争下の日本体験をふまえて、従来のフランス人による日本観を批判して彼自身の見解を次のようにスタートしている。

「日本が脅威となっている今日、ロチ（Pierre Loti 1850-1923）がかつて面白半分な尊大な好奇心で語ったとは別のやり方で日本について語るべきだろう。Maintenant que le Japon est redoutable, nous consentons à parler de lui autrement qu'avec la curiosité amusée et dédaigneuse de Loti」とあり、「日本で目にした最も大きな奇跡 le plus grand miracle que j'aie vu au Japon」について「あれほどの軍事的規律と結びついたこれほ

どの芸術的洗練、近代国家の中で最も結束した、詩人たちの島 tant de raffinement artistique uni à tant de discipline militaire, une île de poètes qui est la plus unie des nations modernes」と語っている。[注17]

　クーシューは日本古来の文明の特徴を探り、「自然への愛 l'amour de la nature」をまっ先に挙げている。その書き出しには「日本人ほど自然を賛嘆する民族はいない。Il n'y a pas de peuple qui s'émerveille de la nature autant que le peuple japonais」とある。[注18]和歌について日本には自然諷詠の「短詩 courts poèmes」が、ルソー（Jean-Jacques Rousseau 1712–1778）よりはるか前にあったことに驚嘆している。和歌を9首、フランス語訳して掲載、のちに5首を追加して訳し、著書の第2章に14首の和歌が発表されている。

　最後のフランス語訳和歌には、特別に前書きと後書きが添えられている。

　前書きは次のように始まっている。

　　数あるこれら短詩のうち最後の1首は、月を愛でるのは詩
　　人のみの特権ではないことをわからせてくれるだろう。
　　Voici entre mille une dernière de ces brèves poésies qui
　　vous montrera que le poète ne s'attribue pas le privilège de
　　l'amour de la lune.[注19]

Nuit profonde.	夜も深まった。
Le bruit des batteuses	打ち手の音が
Devient irrégulier...	乱れがちになる…
– En frappant le linge	—洗濯物をたたきながら
Elles doivent regarder la lune !	女たちも月を眺めている
	にちがいない！

（小夜ふけて砧の音ぞたゆむなる月をみつつや衣打つらむ『千載

和歌集』秋下　覚性法親王）

　クーシューは、和歌の原拠にある「砧の音」を、フランスの
景物である洗濯女が川で洗濯の布をたたく音に置き換えてフラ
ンス語訳している。洗濯物の布を打つ音が不規則になるという
ひびきから、それは月を眺めているからだろうという詩的な捉
え方をして訳している。そして、以下のような後書きを付して
いる。

　　夜も働く貧しい女たちは、深遠な神学者のように、この仮
　の世における壮麗な祝祭を味わうのである。自然への愛と
　いえば、われわれヨーロッパ人にとってはかなり稀で常に
　穏やかな感情であるが、日本人にとっては、それを前にす
　れば一切が消えてしまうほどの激しい情熱である。われわ
　れはそこに文明の確固たるしるしを認めなければならない。
　なぜならもし文明人の名が、河や森や山を服従させる学者
　や産業に高度に結びつくのであれば、同じ文明人の名は自
　然の美を情熱的に強く感じとる芸術家にもふさわしいから
　である。[注20]

　日本古来の和歌や俳句の古典詩歌に詠われている日本人にと
っての「自然への愛」こそ、「文明の確固たるしるし une marque
certaine de civilisation」であると紹介している。この論文の
「自然への愛」についての結びの部分に、文明についてのクー
シューのヴィジョンが提示されているのではないだろうか。
　なお、著書の第1章「日本の情趣」は、1907年発表時の論文
名「日本の文明」から改題されている。日本人にとっての「自
然への愛」こそ、「日本の古来からある和歌や俳句の古典詩歌
に詠われている」本質ともいえる、「自然の美を情熱的に強く
感じとる」、日本人固有の情趣を重視したからだろう。

最後に、クーシューが、なぜ和歌よりも、俳句を中心的に翻訳・紹介したかについて補足したい。著書の第2章「日本の抒情的エピグラム」において、クーシューは以下のように述べている。

　　俳句がウタ（和歌）あるいは古典的な詩から区別されるのは、その簡潔さによってではない。実際、1首の和歌にしても31音節しかないのだから。和歌の形式は、俳句に7音節からなる詩句を2つ付け加えたものである。両者の差はむしろ主題による。和歌の古典的な詩情は、狩野派の古典的絵画と呼応する。狩野派と同じ着想の貴族性、同じ形式の洗練、そして同じ伝統的な主題が見られる。相も変わらず桜の花、紅葉した楓、10月の月、中国の荘重な風景、漢詩の巧みな常套句が用いられる。また、鑑賞者も狩野派と同じで、宮廷人、摂政家、姫君、文人の領主、審美家の僧侶たちである。一方、俳句が表しているのは写実的な絵、つまり版画や絵手本である。禁じられている主題はない。そこには日本のあらゆる様相が現れている。日本人の生活がそっくりそのまま、そこに息づいている。どんなに奇妙な対象でも、どんなに平凡な行為でも、俳句の題材となりえないものはない。隠語や外国語さえ妙味を醸し出すことがしばしばある。堅苦しいところなどない、両刀を備えない町人たちの詩なのである。[注21]
　　われわれヨーロッパ人は日本の写実的な絵画芸術を愛好する。われわれにとって最も理解しやすいからである。和歌を理解するには、中国や日本の古典の素養をもつ必要がある。これに反して、俳句は翻訳でもわれわれを感動させることができる。それはわれわれの目に直接訴えてくるヴィジョンであり、われわれの心に眠っている何らかの印象を目覚めさせる、鮮烈な印象なのである。[注22]

第2章　クーシューと和歌と俳句との出会い　　61

クーシューは、俳句に、「日本の写実的な絵画芸術」を愛好するように、「それはわれわれの目に直接訴えてくる」鮮烈な、新しい詩へのヴィジョンを見いだしている。

クーシューの日本再訪と
著書『アジアの賢人と詩人』の刊行

　クーシューは、1912年に日本を再訪した。1911年11月頃、彼は裕福な実業家の出資によって、その息子ルノワール（Lenoir）氏を伴って、インド経由で極東再訪へ出発、翌1912年3月30日に下関に到着する。

　この旅は私的なものであったため、明確な資料はほとんどなかった。数少ない参考資料として、甥ジャン＝ポール・クーシュー（Jean-Paul Couchoud）によるクーシュー評伝『ポール＝ルイ・クーシュー』と日本側の資料として『黒田清輝日記』（1967）があった。幸いにも、日本再訪中にアナトール・フランス宛てに「長い手紙」を横浜のグランド・ホテルの便箋で書いており、手書き書簡をフランス国立図書館手稿部門で確認できた。[注23]

　1911年4月上旬、クーシューは東京で、画家黒田清輝と再会している。『黒田清輝日記』によると、4月6日の日記には、「2時帝国ホテルニ到リ面会セリ　Lenoirト Couchoudノ2名也後者ハ先年来朝セシ事アリ」、4月12日には「M. M. Lenoir et Couchoudノ招ニテ　帝国ホテル午餐」とある。[注24]黒田清輝はクーシューの来朝を記録しているが、この再会は、初来日時のメートル宅での出会い以来、ほぼ8年ぶりである。2度にわたって面会し、黒田清輝を食事に招いて交流を重ねている。しかしながら、クーシュー側の記録がなく、詳しい内容はわからない。

　一方、桜の頃に、京都を訪れた足跡が残されている。特に京

都嵯峨の釈迦堂、清涼寺での特別に印象深い体験を、「日本の庵」と題して初出論文「イエスの謎」の冒頭の章や、キリスト教研究の主著『イエスの神秘』の冒頭の章に収録している。清涼寺では、住職との人間的な心の通い合いがあり、本尊の釈迦如来像や伝春信作という釈迦の生涯にまつわる絵巻を見せてもらった体験を綴っている。

　次いで、6月5日に書いたアナトール・フランス宛ての「長い手紙」からは、日本再訪時のさまざまな領域への関心と見解を読み解くことができる（前著『俳句のジャポニスム』で「長い手紙」の全文を引用紹介した）。

　クーシューは、敬慕する師への手紙に日本再訪の印象や見解を「最初の体験のまとめ」として、わずか2か月の滞在後に詳細に語っている。

　特に美術体験について、「かつてそれを垣間見たにすぎなかった」こと、日本を再訪して「日本のいにしえの絵画」に深く接し精神的な「啓示」を受けたことを記し、13世紀頃については壮大な「仏陀の死」「釈尊涅槃図」や「仏陀の復活」「釈迦金棺出現図」などの仏教絵画を挙げている。

　また、訪れた京都の文化遺産に深く魅了されたこと、日本人の「風景の理解、自然の感情、純粋な美的感動の繊細さ」に心惹かれていたことを語っている。初来日から帰国後に発表した論考「日本の文明」において、「奈良の彫刻一派や狩野派の風景画は、いつの日か人類の芸術遺産においてフィレンツェの彫刻やオランダの風景画と肩を並べるだろう」と予告していた。

　この書簡に語られているクーシューの日本体験の見解は、著書『アジアの賢人と詩人』の総論ともいえる自著「序文」の随所に反映されている。

『アジアの賢人と詩人』は、日本再訪から4年後、第一次世界大戦中の1916年10月、パリのカルマン・レヴィ社から初版刊行となった。同書は訪日を果たせなかったアナトール・フ

ランスに捧げられ、扉には「わが敬愛する師アナトール・フランスへ À mon maître délicieux Anatole France」の献辞が付されている。1916年の初版から1928年にかけて5回も版が重ねられた。すべての版にその献辞がある。第4版（1923）、第5版（1928）ではアナトール・フランスの「序文 Préface」が巻頭に添えられ、第3版までの自著の「序文 Préface」は「序章 Avant-propos」に改められたが、奥付の目次、頁数に異同はない。

　同書には、世界周遊帰国後に発表された論文「日本の文明」と、チェンバレンが名づけていた「ハイカイ（日本の詩的エピグラム）」は改題、補筆されている。前者は第1章「日本の情趣 Atmosphère japonaise」として、後者の俳句紹介論文は、第2章「日本の抒情的エピグラム Les Épigrammes Lyriques du Japon」と改題している。第3章は「戦争に向かう日本 Le Japon aux armes」として日露戦争に関する日記（1904年2月6日〜3月8日）、最終章には、日本再訪時に孔子廟を訪れた体験と思索のエッセイ「孔子 Confucius」が収められている。

　クーシューによる俳句のフランス語訳紹介と実践の活動は、著書刊行後、1920年9月、20世紀フランス文学を担った『N.R.F.』誌84号（1920年9月1日刊）の巻頭に「ハイカイ」アンソロジーとなって開花した。

　同誌の刊行は、ダダの芸術革新運動がパリで推し進められていた時期にあたる。クーシューを筆頭に、フランスの詩人や作家、ポール・エリュアール、ジャン・ポーラン、ジュリアン・ヴォカンス、ジャン゠リシャール・ブロックをはじめとする12人によるハイカイ82編が掲載され、フランス・ハイカイが新しい詩のジャンルを開くことを期待する旨のポーランの前書きが置かれた。

「ハイカイ」アンソロジーにハイカイを寄せた12人のうち、主な人物3人、ポーラン（Jean Paulhan 1884-1968）、作家のブロ

ック（Jean-Richard Bloch 1884-1947）、エリュアール（Paul Éluard 1895-1952）、を紹介しておこう。

　ポーランは、『N.R.F.』誌の編集長（1925-1940）としても活躍し、20世紀フランス文学を支えた作家の一人である。同誌には彼の前書きをはじめ、ハイカイ6編も掲載されている。クーシューの著書の初版を読み、1917年2月、論文「日本のハイカイ」を『ラ・ヴィ』誌に発表している。同論文には「一瞬の驚きはハイカイの本質であり」、「ハイカイは純粋な感覚にきりつめられ、そこに何かが付加されるのを慎む詩」であり、「抒情性を侵す西洋の雄弁を告発してやまなかったステファヌ・マラルメがもしハイカイを知っていたら魅了されたことであろう」と紹介されている。またクーシューのフランス語訳紹介の特徴について、魅力的であり、「日本とヨーロッパの人々が共有する感動の言語を創造すること」が問題となっていることを指摘し、クーシューのハイカイ紹介の功績について、「ハイカイによってもし（東西）共存の生活が輪郭をあらわしはじめ、そこに全人類が参加することが現実となるならば」クーシューは「情熱的で鋭敏な働き手」の一人としてラフカディオ・ハーンに匹敵しうると評価している。

　ブロックもまたクーシューの書に触発されてハイカイを創作した一人である。同誌には11編のハイカイ作品が掲載されている。ブロックの活動は現在忘れられているが、『ヨーロッパ』誌の編集委員として活躍し、またルイ・アラゴン（Louis Aragon 1897-1982）と『ス・ソワール』誌編集にも携わった。ブロックのノート「カイエ」はフランス国立図書館に所蔵されている。そのNo.11、No.12に『アジアの賢人と詩人』を通じた俳句の摂取の痕跡があり、また、彼のハイカイ実作100編余りが記されている。「ハイカイはわれわれの目に直接訴えてくる一つのヴィジョンであり、われわれの心に眠っている何らかの印象を目覚めさせてくれる生き生きとした一つの印象である。C'est une vision qui s'adresse directement à notre œil, une impression vive qui peut éveiller en nous quelque impression endormie.」と記している。

　エリュアールは、ダダ、シュールレアリスムの詩人としても知られ、11編のハイカイ作品を掲載している。エリュアールの「新しい詩的世界の現出には間接的に日本の俳諧が関係していたのではないか」という示唆や、彼の詩作品と俳句のクーシュー訳の影響の論考は、すでに平川祐弘、また最近では金子美都子を通じてなされている。[注25]

　エリュアールのクーシューを介しての俳句受容については、「伝記的・書誌的事実」の視点から前著『俳句のジャポニスム』で紹介し、エリュアールが最初のハイカイ作品7編を手書きで自分の名刺の裏面に書き込んで、ポーランに送った名刺手紙（1919年5月と推定）も文献資料として前著に付した。『N.R.F.』誌の「ハイカイ」アンソロジーについて、ルイ・アラゴンはポーラン宛てに批判的な手紙を書いていたが、フランスの文芸評論家バンジャマン・クレミューは、1920年を「ハイカイの年　L'année 1920 fut celle du haïkaï」と呼んだ。

　この「ハイカイ」アンソロジーが導火線となって、1920年代のフランスでは、ヴォカンスの「詩法」（Art poétique, 1921）などの優れたハイカイ集や、ルネ・モーブラン編集による283篇に及ぶ「フランス・ハイカイ選集誌」（Le Pampre, 1923）などが次々と発表された。俳句はハイカイとしてフランスをはじめ周辺の国々に急速に伝播し、その受容はリルケなどヨーロッパの芸術家たちにも及び、文学の領域を越えて音楽の分野にも波及していった。この「ハイカイ」アンソロジーの一部は、翌年日本にも逆輸入され、与謝野鉄幹により第二次『明星』の創刊号に紹介されている。

リルケと俳句との出会い

　1920年9月、「ハイカイ」アンソロジー掲載の『N.R.F.』誌によって、リルケは俳句に出会う。数日後、9月4日、リルケは「ハイカイ」を初めて知った感動を、日本に滞在したことのあるグディー・ネルケ夫人宛ての手紙にいち早く書いている。[注26]

　　Haï-Kaï という、短い日本の（3行の）詩をご存じですか。
　　最近『N.R.F.』誌がこの短い中で名状しがたく成熟している、純粋な詩の翻訳をもたらしました。

　　Elles s épanouissent, alors　　　　花は咲く、そして
　　On les regarde,— alors les fleurs　人は見る、そして花々は
　　Se flétrissent—alors ...　　　　　しおれる、そして……
　　（rien des[sic] plus ! C'est délicieux !）（これだけです！美しいです！）
　　　　　　　　　　　　　　　　　　　　　　　　　富士川英郎訳
　　　　　　　　　　　（「咲からに見るからに花の散からに」鬼貫）

　そして9月初旬、「ハイカイ」と題して、ただちに3行書きの最初の実作をフランス語で試みている。

　　C'est pourtant plus lourd de porter des fruits que des fleurs.
　　でも実を結ぶことは、花を咲かせるより難しい。
　　Mais ce n'est pas un arbre qui parle.
　　しかしそう語っているのは木ではない、
　　C'est un amoureux.
　　それは恋する男だ。

　このハイカイ作品は、当時の恋人バラディーヌ・クロソウス

第2章　クーシューと和歌と俳句との出会い　　67

図2-1 リルケによる『アジアの賢人と詩人』購入の書き込み（見返し頁）

カ（メルリーヌ）に贈られている。

翌10月リルケは、パリで『アジアの賢人と詩人』を購入する。リルケの所蔵本は第3版で、1919年刊である。その見返しの頁に「出発の日にパリのフラマリオン・エ・ヴァイヤンにて買う Acheté à Paris chez Flammarion et Vaillant le jour de mon départ」という最初の書き込みがある（図2-1）。

さらに、この書のページを繰ってゆくと、特に俳句に関する第2章「日本の抒情的エピグラム」には、多くの傍線などの書き込みが鉛筆で記されている。

クーシューが述べた俳句の特徴にリルケが傍線をマークした4箇所について前著で列挙した。第1章で触れたが、改めて、その一つについて、以下の箇所を紹介する（リルケ所蔵本の『アジアの賢人と詩人』の頁数を括弧内に付した）。
「ハイカイはわれわれの目に直接訴えてくる一つのヴィジョンであり、われわれの心に眠っている何らかの印象を目覚めさせてくれる生き生きとした一つの印象である。C'est une vision qui s'adresse directement à notre œil, une impression vive qui peut éveiller en nous quelque impression endormie. (p.58)」

蕪村の俳句や蕪村の名に下線が最も多く記されている。たとえば、蕪村紹介の箇所「その時代の偉大な俳人は蕪村（1716-1783）であり、独立独歩で、斬新な画風をもつ京都の絵師であ

った」にも傍線があり、その線の脇にリルケ自身の手によって
《Buson》と書かれている。

　このリルケの蕪村への特別な関心は、蕪村が俳人であり、か
つ画家であること、しかも新しい時代の「偉大な俳人」であり、
「斬新な画風をもつ」画家でもあったことを知ったことによる
であろう。

　なぜ蕪村であるのか、リルケの日本の版画、特に葛飾北斎へ
の関心の視点から少し補足したい。彼の個人史をたどると、パ
リ時代、俳句との出会いより15年以上も前、1900年代の初
め、1904年にはかなり多くの北斎の版画を見ており、エドモ
ン・ド・ゴンクールの『北斎』も読んでいたらしいこと、そし
て北斎や『富嶽三十六景』『富嶽百景』からインスピレーショ
ンを得て、「山」(『新詩集』1907)の詩作をしていることが富士
川英郎氏他の論文によって知られている。^{注27}さらに晩年になって
1922年に、再び北斎に言及し「老北斎にとってなおそれがた
のしいことであり、若返りの力を与えるものであったように」
というリルケ書簡^{注28}があることも指摘されていることは重要であ
る。なぜならその時期はクーシューの本を通じて俳句を知って
から後のことであり、同書の「日本の情趣」の章に、すでに日
本芸術の受容によってヨーロッパの文明に、「めざましい若返
り」がもたらされる可能性が述べられているからである。

　リルケの蕪村への特別な関心と北斎受容との関連は、リルケ
の日本芸術の受容、さらに絵画から詩歌へのジャポニスムの展
開の視点からも重要である。本書では、その展開のアプローチ
の一つとして、蕪村の俳句と絵画に関連する女流画家ジョーク
宛てのリルケの手紙を紹介したい。

女流画家ジョーク宛てのリルケの手紙

　リルケはクーシューの本を手に入れてから5年後の1925年、そこに所収されたフランス語訳の俳句を、スイスの女流画家ジョークのために自ら選び、ミュゾットの館からフランス語で書簡（1925年11月25日付）として送っている。リルケが選んだ俳句は29句あり、蕪村が10句と最も多い。ジョーク宛ての書簡に引用された10句のうち、6つのものにはリルケが所蔵する『アジアの賢人と詩人』に書き込みなどが遺されている。

　リルケが選んでいる蕪村の句には、取り合わせの妙味があって不連続の際立つ、「一瞬の驚き」を喚起させる佳句が多い。また、リルケ的な詩のモチーフやテーマ（死と再生など）とも深く関わっているように思われる。

　リルケが選んでいる29の俳句を、原句ではなく、リルケが関心を寄せたモチーフの視点から光を当てると、日本の俳人が好んだ花の句が最も多く半数近くに及んでいることがわかる。『アジアの賢人と詩人』に最も多い4本線が記されていた花を詠んだ去来の句「知る人にあはじあはじと花見かな」が、ジョークの書簡では最後から8番目に選ばれている。

　リルケが『N.R.F』誌を通じて最初に出会った鬼貫のフランス語訳句「咲からに見るからに花の散からに」は、最後から2番目に引用され、「美しく、無限に向かって開かれています」とあり、鬼貫についても「偉大な芭蕉の弟子」と特別な注が添えられている。

　なお、最後から11番目に引用された蕪村の句のフランス語訳「しぐるるや鼠のわたる琴の上」には、琴のリルケのデッサンが遺されている（図2-2）。

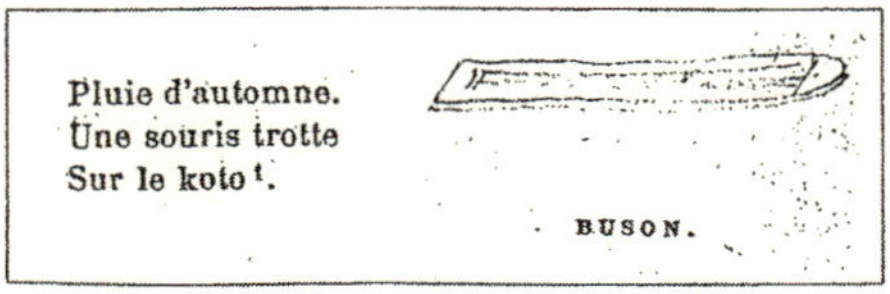

Pluie d'automne.
Une souris trotte
Sur le koto [1].

BUSON.

図2−2　リルケの琴のデッサン（『アジアの賢人と詩人』への書き込み）

リルケの俳句観と晩年の詩境

　花をモチーフとした去来や蕪村の句を含む29の俳句のフランス語訳が引かれた手紙には、ジョークの画風がリルケに俳句を想起させること、とりわけ彼女の絵の小品に実現されている秘密を介して、リルケの俳句観が3か所述べられている。その俳句観は前著で紹介し、本書の巻末の資料編に原文を掲載した（資料2−3）。ここでは拙訳を紹介する。ちなみに、『リルケ書簡集Ⅱ 1914-1926』（富士川英郎・高安国世訳　人文書院　1968）に収録されている。

　俳句の引用の前と後にリルケの俳句観が述べられている。まず、引用前の2か所を紹介しよう。

1　「一瞬の驚き」と呼ばれていますが、それにもかかわらず、それに出会う者を長くひきとどめずにはおかないこの芸術。

2　詩においても、いたるところにどれほどの現実的な空間が、言葉の間に、詩節の間に、一篇の詩のまわりに（入っていることでしょう）。あなたの絵がまれにみるほど成功をみたのは、イメージしたものを、まさに適切な空間――つまり、内面的空間でもある――の中に見事に収めているからです。あなたが（絵画の中で）実現されているのはそのようなことなのです。それが、わ

第2章　クーシューと和歌と俳句との出会い　71

たしに15世紀以来日本人によって培われてきたハイカイ、微小な詩的統一体を思い起こさせます。

ここには、俳句は現実の世界の写生ではなく、イメージ化された「微小な詩的統一体 minuscules unités poétiques」であるというリルケの考えが示されている。

さらに、29の俳句を引用したあと、そのなかの諸要素がもつ不連続性について、複雑な論理的な思考によってではなく、「ばらばらな要素が事物や出来事から喚起される感情」によって、「単純なイメージのよろこび」に昇華されているという考えも示されている。

3　丸薬〔のごとき統一体〕を作る術。そこにはばらばらな要素が出来事によって、またそれが喚起する感情によって、結合されています。ただしそのためには、この感情が単純なイメージのよろこびによって、あますところなく吸収される必要があります。眼に見えるものは確かな手でつかまれ、熟した果実のように摘みとられます。しかしそれは少しの重みもありません。というのも、それは並べ置かれるやいなや眼に見えないものを意味せざるをえないからです。

ジョークの絵画と俳句芸術との関連について、ジョークの絵画のなかで「実現されている」のは、「イメージしたもの」を「内面的空間」に見事に収めており、それは15世紀以来日本人によって培われてきた「ハイカイ」、「微小な詩的統一体」と同質であるというリルケの考えが示されている。

リルケが俳句に出会う1920年は、代表作となる『ドゥイノーの悲歌』『オルフォイスへのソネット』完成の2年前であり、新しい詩的言語を模索していた時期であった。俳句に出会う

半年ほど前、「言葉の核だけからなっている言語 eine Sprache aus Wort-Kernen」を求めていたこと、またクーシューの書を介しての俳句体験はそれらの代表作完成へのインパクトを与えた可能性があることをヘルマン・マイヤーは論文に指摘している[注29]。

それらの代表作は、ヴァレー地方の自然の懐にいだかれたミュゾットの館で完成する。さらにその翌年から亡くなるまでの最晩年の4年間、1923年から1926年までに、実に400編余りのフランス語詩が生まれている。

リルケの遺言状と3行の墓碑銘

リルケが俳句観をジョーク宛ての手紙で述べる1か月前、1925年10月27日にリルケがミュゾットの館で遺言状をしたためていた（資料2-4）。そこには自らの墓碑銘のための薔薇を詠った詩片を3行で記している。リルケの手書きの遺言状の邦訳を以下に掲げておく[注30]。

1　万一私が重患に陥って、ついには精神の故障までも蒙るようなときがございましても、なにとぞ、押しかけてくる可能性のある僧侶の介添えは、いっさい遠ざけてくださいますよう、友人たちに切にお願い申しあげます。肉体的な疾患のために、私の本質にたいして医師のかたちの仲介者を許容せねばならなかっただけでも、十分遺憾なことでございました。解放せられた世界に志向している私の魂の活動にとって、宗教的な仲介人はすべて有害であろうと思われます。

2　私がミュゾットか、さもなくばいずれにせよ、スイスで死ぬようなことがございますならば、シェールにも、

第2章　クーシューと和歌と俳句との出会い　73

また例えばミュージュにも、埋葬されたくありません。
（後者は、あの未知の老婦人の不可思議な陳述にしたがって、
避くべきものと思われます。シュヴロン家の哀れなイザベル
の、しずこころなき夜のさすらいを、新たにかき乱したくあ
りませんから。）

3　むしろ、私は、ラローニュの古い教会のかたわらの、
高台の墓地において、大地の眠りにつきたいと思いま
す。その囲まれた地域は、この風景が、ミュゾットと
ともにまたミュゾットのなかにおいて、いつかは私の
ため実現するよう力をかすはずになっていたすべての
約束とともに、この風景の、風と光をも、併せ受け取
ることのできた最もすぐれた場所の一つです。

4　私は現代の石工たちの幾何学的な技術を嫌います。（例
えばアンピール様式の）古い石が手に入るのではないで
しょうか。（ヴィーンにある私のいとこの墓石に用いたよ
うな）古い碑銘を磨りつぶしてから、その石に紋章と、
（最近パリから持ちかえった銀の印象がかたどっているような、
私の曾祖父が用いた古い型の）次に名前を刻み、それから、
やや間隔をおいて、次の詩句を記す。

薔薇よ、おお　きよらかなる矛盾よ。
誰が夢にもあらぬ眠りを、あまたなる瞼の蔭にやどす
歓喜よ。
〔略〕
ライナー・マリア・リルケ
ミュゾットの館にて
1925年10月27日夜

この遺言状の3行の詩の原文は、以下のようである。

Rose, oh reiner Widerspruch,　Lust,
Niemandes Schlaf zu sein unter soviel
Lidern

　今日、墓碑銘は3行の正確な形で知られるようになっている。ところが、リルケ没後の数か月後、1927年のリルケ記念号の巻頭に墓碑銘が掲げられた際に、形が3行ではなく、2行詩として書き写されていた。「Lidern」という語が2行目の最後の語になってしまっていたのである。幸いにも1936年の遺言書の出版以来、正確な形で知られるようになった。ラロン（Raron）の教会の墓石には「Lidern」は3行目に正しい形で記されている（図2－3）。

　それにもかかわらず、近年なおモーリス・ツェルマッテン著『晩年のリルケ』において、フランス語訳は2行に訳されている。[注31]

　多くのリルケ研究者がすでに指摘していることであるが、矢内原伊作著『リルケの墓』[注32]によっても、最後の行「瞼 Lidern」の発音は、「歌 Liedern」と同じであることが言及されている。矢内原氏はラロンにあるリルケの墓を訪れて、墓石と墓碑銘、またその邦訳と解釈を記している。さらに、ラロンの風景の印象も述べている。

　同書には、「リルケの墓」は「教会の背後の壁際に立っていた、南にひらけた広大な空間に向き合って」「高さ1メートル半ほどのクリーム色の墓石に

図2－3　リルケの墓碑
ⓒFondation　Rilke, Sierre

第2章　クーシューと和歌と俳句との出会い　　75

は、詩人が遺書の中で自ら墓碑銘として定めた句が刻まれている。眼下にはローヌの谷が遥かに広がり、正面にも左にも右にも雪をいただいた山々が望まれる」と記されている。

　さらにラロンを訪れて感受した墓碑銘の解釈を、以下のように記し、墓碑銘を邦訳している。

　　リルケはフランス語の詩集『薔薇』の中で、薔薇の花びらを「千の瞼」と言い、「千の眠り」とも呼んでいる。薔薇が眠りそのものだ。にもかかわらずそれは咲き、薫り、そして歌う。そうだ、この墓碑銘の重点は〔略〕、それが沢山の瞼の下にあり、瞼（Lider）がそのまま歌（Lieder）であることの悦びにあるのだ。
　　薔薇よ　ああ純粋な矛盾よ、こんなにも沢山の
　　瞼の下で誰の眠りでもないという
　　悦びよ

　筆者はラロンの地を訪れて、リルケの墓と墓碑銘の前に立ち、さらにリルケのこの墓碑銘が3行で記されているリルケ肉筆の遺言状のマニュスクリを実際に見る機会を得た。

　リルケの墓は、遺言状に記されていたように「ラローニュの古い教会のかたわらの、高台の墓地に」あった。眼下には、「風と光をも、併せ受け取ることのできた最もすぐれた場所」、広大なローヌ渓谷の風景が広がっていた。

　墓碑銘は3行で記されているが、墓碑の横幅が狭いので、最初の行の "LUST" は少し下に、2行目も "UNTER SOVIEL" も少し下に、3行は、"LIDERN" 1語が記されている。

　この3行という形式も重要である。なぜならマイヤーも指摘しているように、唯一正しいのは3行だということを強調することが必要であり、クーシューを介して受容した俳句の形式によっているからである。したがって邦訳も、その形式の特徴が

明確にわかるように、原文の3行形式に即して直訳を試みたい。

　　薔薇よ、ああ純粋なる矛盾よ　よろこびよ
　　だれのでもない眠りであることの——かくも多くの
　　瞼（を重ねて）

　リルケが生前自ら編んだ最後の詩集は、フランス語連作詩『薔薇 Les Roses』であった。薔薇の詩片が遺言状に記されたのは、『薔薇』22篇が成立した翌年のことである。

　大地の事物であるはかない薔薇の具体的な姿が称賛され、切り詰められた言葉によって「一瞬の驚き」を喚起させる変容が実現されている。その多くの例を見いだすことができる。

　詩集『薔薇』において、薔薇の本質は「おまえは言いがたい Tu es ineffable」（詩篇XIX）、またそれ以前のドイツ語の詩においても「言語に絶した unsäglich」としか言語化できなかった。その本質は、墓碑銘において「純粋な矛盾 reiner Widerspruch」という2語に、抽象的ではあるが、凝縮されている。2行目の "zu sein" は、1行目の「Lust よろこび」にかかる。

　2行目の文末は「かくも多くの unter soviel」と非連続で終わっている。そして3行目は名詞1語で「瞼 Lidern」となっている。「Lidern」は「Lid 瞼」の複数与格。2行目の前置詞「unter」にかかる。しかし、リルケは「Lidern」を2行目に記さず、行変えしている。この非連続によって「一瞬の驚き」が生ずる。俳句の下五にあたる3行目のクーシューによるフランス語訳がしばしば1語ないし2語で表記されていることと呼応する。ここでは、「瞼」と1語にすると「unter」の訳は消えてしまい、原意からはかえって遠くなるので、「瞼（を重ねて）」と訳した。

　前著で論考したように、24篇からなるフランス語連作詩『薔薇』の詩篇Ⅰの咲き初めの薔薇は、「生と死の融合」という矛

盾の存在として次のように詠われている。

　この詩篇Iには、咲き初めの薔薇の姿が詠われている。詩人を「驚かせる étonne」その花の「爽やかさ fraîcheur」は感情的にではなく、「花びらを花びらに重ねて」「休んでいる」と花そのものの姿を介して具象化されている。第2連では、その花の姿は詩人の内面で、眠りと目覚めとの二重性をもっている「幸福な薔薇」のあり方としてイメージ化されてゆく。花「全体は目覚めている Ensemble tout éveillé」「その中心は眠っている le milieu dort」と。その「眠り」の中心から「目覚め」へと、うち重なり合う花びらは、愛撫をイメージする触れ合うという「愛のやさしさ les tendresses」の関連のうちにあふれ咲いている。

　この薔薇の姿の「爽やかさ」は「私たちを驚かせる nous étonne」（下線筆者）、これは俳句の定義そのものを示す言葉、「一瞬の驚き un bref étonnement」（下線リルケ）と呼応している。また花は中心に「眠り dort」をもちながら花全体は「目覚めている éveillé」薔薇のイメージは、それはリルケがマークしている俳句の特質「我々の心に眠っている何かの印象を目覚めさせてくれる qui peut éveiller en nous quelque impression endormie」とそれぞれ呼応している（下線筆者）。そのなかにリルケの中心的なテーマである「生と死の融合」が、「眠り」と「目覚め」の対比的な語の組み合わせによって簡潔に自在にイメージ化されている。

　その他の詩篇にも、矛盾、対立する簡潔な言葉の結合によって、「一瞬の驚き」を喚起させる変容が実現されている。たとえば「かなえられたナルッシス Narcisse exaucé」（詩篇V）や詩篇XVIIでは、「香り」は薔薇の「本質」と賞賛され、それは「目には見えない芳しいステップ quelques pas odorants invisibles」に、さらに、「目の音楽 musique des yeux」と詠われている。これらの薔薇を表す言葉には、ジョーク宛ての書簡

の俳句観に述べられていた「イメージのよろこび」が実現されている。

　最後から2番目の詩篇XXIIIでは、その誕生からすでに死に結びついている遅咲きの薔薇は、「すべてが混ざり合う混沌のなかで、虚無と存在の言葉の及ばない和合 dans un mélange où tout se confond, cet ineffable accord du néant et de l'être」を実現している。リルケのマークはないが、このXXIIIの薔薇の形象にも、クーシューが俳人の姿「自分の思いを万物が溶け合って一つになるまで考えをこらす」について述べている似通った言葉「存在 les êtres」「虚無 le néant」「溶け合う se confondent」が取り込まれているように思われる。このXXIIIは、1924年に22篇成立当時、最後の詩篇にあたる。リルケ手書きの草稿の結びの詩となっている。[注33]

　このように『薔薇』詩集のモチーフは墓碑銘へ厳密な志向性をもっている。また詩篇IIと最後から2番目の詩篇XXIIIについてマイヤーも示唆しているように、テーマ設定が墓碑銘にきわめて近似している。[注34]

　"Rose"、この言葉は『グリムドイツ語辞典』によると、物（花）そのものと同じく、古代ローマから伝えられた。この「瞼」の形象は、グリム辞典のどの例文にも見いだすことができないリルケ固有の形象である。それは花びらの形と瞼の類似性ばかりでなく、「瞼」と「歌」はドイツ語においては同じ音「リーダー」であることがH. E. ホルトゥーゼン著、塚越敏・清水毅訳『リルケ』においても語られている。[注35]

　フランス語連作詩 Les Roses の詩篇のXVII にも薔薇は「目の音楽 musique des yeux」と表現している。

　生涯詩人であったリルケは自分の墓碑銘にひそかに日本の俳句の形式とその特質を取り込んでいた。そしてまだ知られていない、「見えざるものを表現する言葉」、未知なる形象を希求したのではないだろうか。

第2章　クーシューと和歌と俳句との出会い　79

「瞼」になって、冥界のオルフェウスになって、「原初の歌」
をうたいながら。
注36

　墓碑銘の3行詩を書いてから1年後、1926年の秋、死の数か
月前に、リルケはさらに「ハイカイ」と題した3番目の実作を
フランス語で書いている。
注37

　　　Entre ses vingt fards　　　　　20の化粧瓶のなか
　　　elle cherche un pot plein:　　彼女はいっぱいの瓶をさがす。
　　　devenu pierre.　　　　　　　石になる。

　この作品には、墓碑銘に見られるような抽象的な言葉は除去
されている。最初の2行は生身の女性の生の営みを化粧瓶とし
て具体化しているように思われる。2行目と3行目の間に「切
れ」がある。3行目の「石になる。devenu pierre.」の主語は省
略されているが、述語の“devenu”の語尾には、女性形を示
す“e”がない。主語は、男性である。おそらく「私」なので
はないだろうか。詩人自身の墓石を想起させるような謎を秘め
た作品である。

「ハイカイ」と題した作品は3編のみであるが、この最後の
「ハイカイ」は、先述した最初のフランス語によるハイカイと、
またドイツ語による作品の長々しさから17音節に削減されて
5・7・5にきわまっている。

　リルケが所蔵する『アジアの賢人と詩人』の「序章」に付さ
れた下線は、マラルメを引き合いに出し、普遍的なポエムの視
座に引き入れて紹介している以下の箇所である。

　　　日本の「ウタ」や「ハイカイ」はマラルメの言うオルフィ
　　　スムに近いものである。それに比べると、西欧のすべての
　　　ジャンルの詩は雄弁である。（略）語は障害である。いく
　　　つかの語が連なってできている基本的な秩序は、すでにし

て不自然なものなのだから。こうした理由から、日本の詩
はついに17音となってあがなった。

　リルケは、生涯の最後の時期に、この下線の箇所をハイカイ
実作において実現している。
　なおリルケは所蔵本に、日本の「ウタ」（和歌）の仏訳にも
書き込みの傍線を記している。第3章で紹介したい。

注————————————
1　自筆履歴書 Curriculum vitæ autographe（「世界周遊」「応
　募」書簡に添付）（AN. cote : AJ/16/7022）
2　エコール・ノルマル文学部図書館所蔵の1898–1901年度学
　生貸出簿（BENS）
3　Louis Gonse, *L'Art japonais*, Ancienne Maison Quantin,
　nouvelle édition corrigée　1885
4　この小石川原町の住所が、1903年6月13日から12月まで
　のメートルの日本で書かれた自筆書簡に明記されている（フ
　ランス国立極東学院蔵）。小石川原町102は、文京区役所所
　蔵の旧地図により、現在、文京区白山4丁目13であること
　を確認した。同地は、周囲には白山公園や小石川植物園、浄
　土寺や一行院があり、東京大学にも近い閑静な住宅地である。
　筆者は同地を訪れて、現在同住所に居住されている方より、
　かつてクーシューが滞在していた屋敷は500坪を超える広さ
　であったことをお教えいただいた。
5　『黒田清輝日記』第3巻　中央公論美術出版　1967　p.714。
　黒田清輝との雑談の記録はないが、黒田はこの3年前、1900
　年に渡仏し、パリ万国博覧会に「智・感・情」「湖畔」など
　5点の作品を出品している。
6　この論文「LES HAÏKAÏ（Épigrammes poétiques du Japon）」
　は、月刊文芸誌（*Les Lettres*, No.3, avril ; No.4–5, juin ; No.6,
　juillet ; No.7 août）に4回にわたって連載された。のちに著書
　『アジアの賢人と詩人 *Sages et Poètes d'Asie*』に、第2章「日

本の抒情的エピグラム Les Épigrammes Lyriques du Japon」
として再録されている。

7　クーシュー「日本の情趣」（金子美都子・柴田依子共訳）
『明治日本の詩と戦争——アジアの賢人と詩人』みすず書房
1999　p.33、【原書】*Sages et Poètes d'Asie*, p.49

8　「日本の情趣」前掲書、p.38、*ibid.*, p.56

9　H.D. Davray, *Littérature japonaise*, Paris, Librairie Armand
Colin, 1902

10　Julien Vocance, «Le premier groupe de haïjins», «Le
deuxième groupe de haïjins», «Sur le Haï-Kaï français»,
France-Japon no.38, Paris, Conte franco-japonais de Tokyo,
février 1939　p.80

11　前掲（注7）『明治日本の詩と戦争——アジアの賢人と詩人』、
p.132

12　注11同書、p.133

13　注11同書、p.133、*Sages et Poètes d'Asie*, p.127

14　注11同書、p.60-61、*ibid.*, p.71-72

15　注11同書、p.64-65、*ibid.*, p.75

16　クーシュー「日本の文明 La Civilisation Japonaise」p.241
Sages et Poètes d'Asie, p.25

17　注16同論文、p.254、*ibid.*, p.49

18　注16同論文、p.243、*ibid.*, p.25

19　注16同論文、p.248、*ibid.*, p.32

20　注16同論文、p.248、*ibid.*, p.32-33

21　注11同書、pp.38-39

22　注11同書、p.40

23　手書き書簡所蔵先：Papiers Anatole France, Correspondance
cote NAF（15432 f.409-412）（inédits）（BnF., Manuscrits).

24　『黒田清輝日記』第3巻　中央公論美術出版　1967　p.819

25　平川祐弘『西洋の詩　東洋の詩』河出書房新社　1986
p.116-136。金子美都子『フランス二〇世紀詩と俳句』平凡
社　2015　p.92-102、p.305-318

26　R. M. Rilke, Brief an Frau Gudi Nölke (4.9.1920), Insel

Verlag, 1953　p.62-63

このリルケの肉筆書簡はベルンのスイス国立図書館所蔵。

27　富士川英郎「リルケと日本」『比較文学研究』8号　東大比較文学会　1964　pp.1-27

28　1922年1月12日付、R. H. ハイグロート（Robert Heinz Heygrodt）宛て書簡、『リルケ書簡集』II、1914-1926、人文書院、p.278

29　Herman Meyer, Rilkes Begegnung mit dem Haiku, *Euphorion*, Bd.74.1980　p.134-168

30　星野慎一『晩年のリルケ』リルケ研究第三部　河出書房1961　pp.373-375

　　リルケ肉筆遺言状のマニュスクリ（Berne: Ms_D_46/1-6）およびマイクロフィルムは以下である。

Ms_D_46/1-6, Einige persönliche Bestimmungen für den Fall einer mich mir mehr oder weniger enteignenden Krankheit, Muzot, 1925-10, 2 S., hs., Mikrofilm beiliegend.（ベルンのスイス文学資料館所蔵）

　　その翻刻は以下の書物に所収。

Rainer Maria Rilke. Briefe an Nanny Wunderly-Volkart. Band II.

Im Auftrag der Schweizerischen Landesbibliothek und unter Mitarbeit von Niklaus Bigler besorgt durch Rätus Luck.

Frankfurt am Main: Insel Verlag, 1977, p.1192-1193.

31　Rose, ô pure contradiction, volupté de n'être

　　Le sommeil de personne sous tant de paupières.

　　Maurice Zermatten, *Les dernières années de Rainer Maria Rilke*, Éditions Le Cassetin

　　1975　p.224（伊藤行雄・小潟昭夫訳『晩年のリルケ』芸立出版　1977　p.235）

32　矢内原伊作『リルケの墓』創文社　1976　p.23-25

33　『薔薇 Les Roses』詩集 は1924年9月に、詩篇XX、XXIII、XXIVを除く21篇がローザンヌで、XXIIIは同年10月ミュゾットで書かれ、22篇として成立した。2年を経て、亡くなる

1926年に、さらに2篇（XXとXXIV）が付け加えられ、24篇として完成した連作詩である。

　リルケの孫　クリトフ・ジーバーリルケのもとには1924年成立の22篇（XXとXXIVを除いた）の肉筆原稿が所蔵されている。1988年ドイツのゲインスバッハ在住のクリトフ・ジーバーリルケを訪れ、その肉筆原稿を見せていただき、写真を撮らせていただくご厚意にあずかった。

34　Herman Meyer, Rilkes Begegnung mit dem Haiku, *Euphorion*, Bd.74.1980　p.146.　墓碑銘とクーシューを介しての俳句の影響についてのマイヤーによる詳細な論考に関してはp.161-168。フランス語連作詩と俳句の影響関係の視点として俳句のもつ「内在的対比」（die interne Vergleichung）の言及に関してはp.150。

35　H. E. ホルトゥーゼン著、塚越敏・清水毅訳『リルケ』ロロロ伝記叢書　理想社　1981。

36　田口義弘『リルケ　オルフォイスへのソネット』河出書房新社　2001　pp.18-19

　　記念の石を建てるな。年毎に
　　薔薇を彼のために咲かせるが良い。
　　なぜなら　それがオルフォイスなのだから
　　（略）
　　歌うものがあれば
　　それはいつもオルフォイスだ
　　彼は来てはまた去ってゆく。
　　（略）（『オルフォイスへのソネット』第1部5）

37　この「ハイカイ」はリルケの『フランス語全詩集』の結びの詩として収載されている。

Rainer Maria Rilke, Poèmes français, Mit einem Nachwort von Karl *Krolow,* Insel Verlag Frankfurt am Main, 1988, p.238.

第 3 章

音楽における
和歌と俳句のジャポニスム

和歌・俳句を素材とする歌曲

　ヨーロッパでは、20世紀初頭、翻訳された和歌や俳句を歌詞とした歌曲、また翻訳された俳句を素材にした器楽曲が創られていた。

　それらの歌曲集に採られている歌詞の出典を、パリのフランス国立図書館で探索したところ、和歌が圧倒的に多く、俳句はわずかであった。第1章で見たような和歌の翻訳に触発されて、ヨーロッパでは1910年代以前から1920年代にかけて、和歌を歌詞とした歌曲が次々と作曲されている。

　本章では、主にフランス国立図書館で収集した和歌や俳句を主題にした楽譜資料、パリ日本文化会館で開催した歌曲の再現コンサート「俳句と和歌によるフランス・日本歌曲の夕べ」(2001) にもとづいて、またその後収集した最初期の楽譜資料[注1]も含めて、和歌により着目して音楽におけるジャポニスムについて具体的に検証する（図3－1）。

　以下、曲目に沿って紹介していきたい。

● ミロエ・ミロエヴィッチ （Miloje Milojević）作曲
「大和 *Japan*」

　1909年に『万葉集』の和歌1首が、「大和」という曲名で、セルビアの作曲家、ミロエ・ミロエヴィッチ （1884-1946) によって、ミュンヘンで作曲された。その歌詞、『万葉集』の「大和」[注2]は、第1巻2番の舒明天皇の和歌である。

　　大和には　群山あれど　とりよろふ　天の香具山　登り立
　　ち　国見をすれば　国原は　煙立ち立つ　海原は　鷗立ち
　　立つ　うまし国ぞ　蜻蛉島　大和の国は

第3章　音楽における和歌と俳句のジャポニスム　　87

図3−1　パリの日本文化会館でのコンサート。
　　　　日仏の音楽家と筆者（右端）

　この歌は舒明天皇の作だが、ミロエヴィッチの楽譜冒頭には、"Poème de Ohotomo No Sukuné Yakamohi"（「大伴宿禰家持の詩」）と記載されている。

　歌詞はセルビア語とフランス語で書かれている。セルビア語を歌詞としたこの曲は、現在もコンサートでたびたび演奏されており、インターネットを通じて聴くことができる。ドビュッシーを思わせる美しい旋律である（資料3−1）。

● ストラヴィンスキー（Igor Stravinsky）作曲
　「三つの日本の抒情詩 *ТРИ СТИХОТВОРЕНИЯ ИЗ ЯПОНСКОЙ ЛИРИКИ*（*Trois poésies de la lyrique japonaise*）」

　1912年から1913年にかけて、ロシア語訳された和歌3首を素材とした歌曲が、ストラヴィンスキー（1882-1971）によって、「三つの日本の抒情詩」という曲名で作曲されている。「抒情詩」という言葉を曲名に用いているのは興味深い。初版の楽譜には、曲名および歌詞がロシア語とフランス語で記されている。

　その作曲の経緯について、作曲者自ら以下のように語っている。

　　私はその年（1912）の夏、日本の抒情詩の小さな詩集——昔の詩人の作品から選ばれた、それぞれ数行からなる短い詩の詩集を読んだ。その詩集から受けた感銘は、日本の絵画や版画から受けたものとまさに同じものであった。私は、それらの芸術の示す遠近法と空間の諸問題の見事な解決に

刺激されて、音楽において類似のものを発見しようとした。^{注3}

このようにストラヴィンスキーの歌曲が、和歌の翻訳に触発されて、ジャポニスムの流れの中で生まれたことは、音楽の分野の研究者から検証されている。

「三つの日本の抒情詩」の歌詞は、第1曲は『万葉集』の山部赤人、第2曲と第3曲は『古今和歌集』の源当純と紀貫之の和歌を素材としている。

① Я белые цветы в саду тебе хотела показать.
  Но снег пошёл. Не разобрать, где снег и где цветы !

  Descendons au jardin je voulais te montrer les fleurs blanches.
  La neige tombe... Tout est-il fleurs ici, ou neige blanche ?
  我が背子に　見せむと思ひし　梅の花
  　　それとも見えず　雪の降れれば
  　　　　　　　　　　（『万葉集』春雑歌の1426　山部赤人）

② Весна пришла; из трещин ледяной коры запрыгали,
  играя, в речке пенные струи:
  они хотят быть первым белым цветом радостной
  весны.

  Avril parait. Brisant la glace de leur écorce, bondissent
  joyeux dans le ruisselet des flots écumeux:Ils veulent
  être les premières fleurs blanches du joyeux Printemps.
  谷風に　とくる氷に　ひまごとに
  　　うち出づる波や　春の初花

第3章　音楽における和歌と俳句のジャポニスム　　89

（『古今和歌集』春歌上の12　源当純）

③　Что это белое вдали? Повсюду, словно облака между холмами.

То вишни расцвели; пришла желанная весна.

Qu'aperçoit-on si blanc au loin?

On dirait partout des nuages entre les collines :

les cerisiers épanouis fêtent enfin l'arrivée du

Printemps.

桜花　咲きにけらしな　あしひきの

　　山のかひより　見ゆる白雲

（『古今和歌集』春歌上の59　紀貫之）

　初版の楽譜には、歌詞のテキスト、ロシア語訳による和歌3首が、ブラント訳『日本の抒情詩 *Japonskaja lirika*』（1912）から引用され[注4]、フランスの作曲家モーリス・ドラージュ（Maurice Delage 1879-1961）による、フランス語訳も添えられている。表題もロシア語・フランス語で記載されている。ドラージュは、「七つのハイカイ *Sept Haï-Kaïs*」（1923）を作曲している。

　なお1955年には、ドイツ語訳（Ernst Roth訳）、英語訳（Robert Burness訳）も追加された、4か国語の歌詞のテキストによる楽譜「Igor Strawinsky: *Two Poems and Three Japanese Lyrics for High Voice and Chamber Orchestra*（Boosey & Hawkes）（1955）」がロンドン、パリ、ボン、ニューヨークなどで刊行された[注5]（資料3－2）。

　歌詞の出典探索を通して、フランス歌曲に摂取されている和歌や俳句のフランス語訳は、主としてミシェル・ルヴォン（Michel Revon）著『日本文学詞華集 *Anthologie de la littérature japonaise, des origines au XXe siècle*』（1910）やクーシューによ

る著書『アジアの賢人と詩人』、また『N.R.F.』誌の「ハイカ
イ」アンソロジーなど20世紀初頭のフランスにおける日本詩
歌の受容史中の重要なテキストを介していることが判明した。

● アンドレ・スーリー（André Souris）作曲
　「三つの日本詩歌 Trois Poèmes Japonais」
　1916年には、ベルギーの作曲家アンドレ・スーリー（1899-
1970）が、「三つの日本詩歌」と題して曲を作った。最初の曲
「鐘 Cloche」は、芭蕉の俳句「花の雲鐘は上野か浅草か」のフ
ランス語訳を素材としている。あとの2曲が和歌を素材とした
もので、1曲目「雪 Neige」は、次の歌である。

　　朝ぼらけ　ありあけの月と　見るまでに
　　　　吉野の里に　ふれる白雪
　　　　　　　　　　　　　　　　（『百人一首』31　坂上是則）

　和歌の2曲目「愛 Amour」は、待賢門院の歌が素材とされ
ている。

　　ながからむ　心もしらず　黒髪の
　　　　乱れて今朝は　物をこそ思へ
　　　　　　　　　　　　　　（『百人一首』80　待賢門院堀河）

　3曲ともミッシェル・ルヴォンの『日本文学詞華集』から、
フランス語訳の歌詞が採られている。

● ジョルジュ・ミゴ（Georges Migot）作曲
　「日本の小景七編 Sept petites images du Japon」
　1918年に、フランスの作曲家、ジョルジュ・ミゴ（1891-
1976）によって、「日本の小景七編」と題する曲が作曲されてい

る。6曲は和歌を、1曲（第4曲）は俳句を用いているが、すべての曲が王朝和歌のように華やいだ歌曲に仕立てられている。フランス語訳の歌詞は、ミシェル・ルヴォンの『日本文学詞華集』から採られている。[注7]

① Comme la rivière Minano
   Tombant du Mont Tsoukouba,
   Mon amour, en s'accumulant,
   Est devenu une eau profonde.
   つくばねの　峰より落つる　みなの川
   　　恋ぞつもりて　淵となりける
   　　　　　　　　　　（『後撰和歌集』恋三の771　陽成院）

② Il est triste
   Que ce chemin nous sépare !
   C'est la destinée.
   Je voudrais pourtant vivre
   Cette vie — avec vous.
   かぎりとて　別るる道の　かなしきに
   　　いかまほしきは　命なりけり
   　　　　　　　　　　　　（『源氏物語』桐壺更衣）

③ Au vent d'Automne
   Ne pouvant résister
   Se dispersent les feuilles d'érables.
   Où vont elles ? on ne sait !
   Et moi je suis attristé.
   秋風に　あへず散りぬる　もみぢ葉の
   　　ゆくへ定めぬ　われぞかなしき
   　　　　　　　　　（『古今和歌集』秋歌下の286　よみ人しらず）

92

④ L'averse est venue ;

J'étais sorti et je rentre en courant.

Mais voici le ciel bleu.

時雨けり　走り入りけり　晴れにけり

（『惟然坊句集』惟然）

⑤ Durant cette nuit longue,

Longue comme la queue du faisan doré

Qui traîne sur ses pas,

Dois–je dormir solitaire !

あしびきの　やまどりの尾の　しだり尾の

　　長ながし夜を　ひとりかも寝む

（『拾遺和歌集』恋三の773、『百人一首』3　柿本人麻呂）

⑥ Seulement parce qu'elle m'avait dit " : Je reviens tout de suite."

Je l'ai attendue, hélas !

Jusqu'à l'apparition de la lune de l'aube

Du mois aux longues nuits.

今来むと　言ひしばかりに　長月の

　　有明の月を　待ち出でつるかな

（『古今和歌集』恋歌四の691　素性法師）

⑦ Sur la lande printanière

Pour cueillir des violettes

Je me suis aventuré.

Son charme me retint tellement,

Que je suis resté jusqu'au matin.

春の野に　すみれ摘みにと　来し我れぞ

第3章　音楽における和歌と俳句のジャポニスム　　93

図3－2　タンスマン『八つの日本の歌』初版本表紙
©Avec l'aimable autorisation des Editions Durand.

野をなつかしみ　一夜寝にける

（『万葉集』春雑歌の1424　山部赤人）

●アレクサンドル・タンスマン（Alexandre Tansman）作曲
「八つの日本の歌（ハイカイ）　*Huit Mélodies Japonaises*（*Haï-Kaï*）」

　1919年には、ポーランドの作曲家アレクサンドル・タンスマン（1897-1986）が、『百人一首』を歌詞とした歌曲集「八つの日本の歌」を作曲している。

　フランス国立図書館所蔵の「八つの日本の歌」初版楽譜の表紙には、浮世絵や文字の縦表記が見られる。鈴木春信の浮世絵と富士山が描かれ、フランスの作曲家モーリス・ラヴェル（Joseph-Maurice Ravel 1875-1937）への献辞が「モーリス・ラヴェルへ　心からの賛美と愛をこめて　アレクサンドル・タンスマン　パリ　1922年12月」と、手書きで記されている。作曲者名「ALEXANDRE TANSMAN」と歌曲名「8 MELODIES JAPONAIS　HAI-KAI」、出版社名も縦表記の大文字で記され、さらに歌曲名のあとに「ハイカイ」とすべて手書きで表記されている（図3－2）。

　フランス（Éditions Max Esching）から出版された楽譜には、「Huit mélodies japonaises（Kaï-Kaï）」と、「ハイカイ」の最初の文字 H が K に誤記されている。

　しかし、歌詞は俳句ではなく和歌であり、楽譜に明記されているように、クビアトコフスキ（Remigiusz Kwiatkowski, 1884-1961）によるポーランド語訳『百人一首 Chiakunin-Izszu』（初版1913）が出典である。楽譜中にフランス語訳の歌詞も記されているが、ポーランド語訳がオリジナルである。ワルシャワ国立図書館には、初版のクビアトコフスキ訳『百人一首』の増刷本が所蔵されている。

第3章　音楽における和歌と俳句のジャポニスム　　95

「八つの日本の歌（ハイカイ）」8曲のポーランド語訳の作者名に、原拠である『百人一首』の和歌と作者名を付して、以下に列挙する。

① Tejakakja（Rozgorzałem się jak fale）
　来ぬ人を　まつほの浦の　夕なぎに
　　焼くや藻塩の　身もこがれつつ
　　　　　　　　　　　　（『百人一首』97　藤原定家）

② Dame Isé（Czy wciąż samotna będę się błąkała）
　難波潟　短き蘆の　ふしの間も
　　逢はでこの世を　過ぐしてよとや
　　　　　　　　　　　　（『百人一首』19　伊勢）

③ Samma sammi（Szu, szu, cicho wiatr szeleści）
　有馬山　猪名の笹原　風吹けば
　　いでそよ人を　忘れやはする
　　　　　　　　　　　　（『百人一首』58　大弐三位）

④ Oczikoczy-no-micune（Spójrz, już kwitną astry białe）
　心あてに　折らばや折らむ　初霜の
　　置きまどはせる　白菊の花
　　　　　　　　　　　　（『百人一首』29　凡河内躬恒）

⑤ Sarawaru-taju（Cisza, opada mgła na góry）
　奥山に　紅葉踏み分け　なく鹿の
　　声きくときぞ　あきは悲しき
　　　　　　　　　　　　（『百人一首』5　猿丸大夫）

⑥ Fudziwara-no-tesziuki-ason（Niech biją fale o Suminoje）

　　　　住の江の　岸による波　よるさへや
　　　　夢の通ひ路　人目よくらむ

　　　　　　　　　　　　　（『百人一首』18　藤原敏行朝臣）

⑦　Bunja-no-asajasu（Jesienny wicher wionął z gór）
　　　　白露に　風の吹きしく　秋の野は
　　　　つらぬきとめぬ　玉ぞ散りける

　　　　　　　　　　　　　（『百人一首』37　文屋朝康）

⑧　Bonja rjosen（W mym sercu tęskność wciąż gada）
　　　　寂しさに　宿を立ち出でて　ながむれば
　　　　いづくも同じ　秋の夕暮れ

　　　　　　　　　　　　　（『百人一首』70　良暹法師）

● ペルコフスキ（Piotr Perkowski）作曲
　「百人一首 *Chiakunin-Izszu*」
　クビアトコフスキによるポーランド語訳の『百人一首』を歌
詞とした歌曲が、1920年代にタンスマンのほかにも、2人のポ
ーランドの作曲家によって生まれている。
　ペルコフスキ（1901-1990）が、1922年に2首、1924年に5首
を作曲、ガブレンツ（Jerzy Gablenz 1888-1937）が1923年に2首
を作曲している。ペルコフスキが1922年に作曲した楽譜がペ
ルコフスキ家で発見され、「和歌によるポーランド歌曲」特集
が、2001年6月にポーランドのクラクフでの現代音楽祭で企画
され、最終日に、上記の歌曲すべてが演奏された。ペルコフス
キの作品は、和歌の抒情世界がメロディーに結晶化されており、
とりわけ繊細で美しい。楽譜では、7曲中2曲にはフランス語
訳の歌詞も添えられている。ペルコフスキ作曲の楽譜はインタ
ーネット上で見ることができる。
　ペルコフスキ作曲の『百人一首』中の5曲は、以下の和歌の

　　　　第3章　音楽における和歌と俳句のジャポニスム　　97

翻訳が歌詞となっている。

① 心あてに　折らばや折らむ　初霜の
　　　置きまどはせる　白菊の花
　　　　　　　　　　　　（『百人一首』29　凡河内躬恒）

② うかりける　人を初瀬の　山おろしよ
　　　　　　　　　　はつせ
　　　はげしかれとは　祈らぬものを
　　　　　　　　　　　　（『百人一首』74　源俊頼朝臣）

③ 有馬山　猪名の笹原　風吹けば
　　　いでそよ人を　忘れやはする
　　　　　　　　　　　　（『百人一首』58　大弐三位）

④ なげきつつ　ひとりぬる夜の　明くるまは
　　　いかに久しき　ものとかは知る
　　　　　　　　　　　　（『百人一首』53　右大将道綱母）

⑤ 八重葎　しげれる宿の　さびしきに
　　　人こそ見えね　秋は来にけり
　　　　　　　　　　　　（『百人一首』47　恵慶法師）

　和歌を歌詞にして作曲するというジャポニスムが、ポーランドにまで見られた。ただし、ガブレンツの歌曲の詳細については、いずれ明らかにしたい。

●モーリス・ドラージュ（Maurice Delage）作曲
　「七つのハイカイ Sept Haï-Kaïs」
　1923年には、ラヴェルの弟子モーリス・ドラージュ（1879-1961）によって「七つのハイカイ」が作曲されている（資料3－

3)。「七つのハイカイ」と題しているが、最初の曲は『古今和歌集』の序によるものであり、2曲目も『古今和歌集』に収められた素性法師の和歌である。注目すべきことに、近代短歌2首が歌曲になっていて、あとの3曲がハイカイに関するものである。この7点について、以下に紹介しておく。

① Préface du Kokinshû（『古今和歌集』の序）

Si tu écoutes la voix du rossignol dans les fleurs

Ou du crapaud dans l'eau

Tu sauras que nul être ne peut vivre sans un jour

Chanter.

花に鳴く鶯、水にすむかはづの声を聞けば、生きとし生けるもの、いづれか歌をよまざりける

② Les herbes de l'oubli（忘れ草）

Les herbes de l'oubli je me demandais d'où

Venaient leurs graines.

Je sais maintenant qu'elles naissent au cœur sans

Pitié de mon amie.

忘れ草　なにをか種と　思ひしは

　　つれなき人の　心なりけり

（『古今和歌集』素性法師）

③ Le coq（雄鶏）（フランス・ハイカイ作品ジョルジュ・サビロン作）

Flaque d'eau sans un pli.

Le coq qui boit et son image

Se prennent Opar le bec.

　　　　　　　　『N.R.F.』誌（1er septembre 1920）掲載

波ひとつたない水溜り。

第3章　音楽における和歌と俳句のジャポニスム　　99

水を飲む雄鶏と水に映った姿が
ついばみ合っている。

④　La petite tortue（小さな亀）
　　La petite tortue rampe lentement, lentement et
　　J'en ai peine sans penser que moi-même
　　J'avance tout comme elle !
　　亀の子は　のそりのそりと　はうて行く
　　　　気味わるけれど　我も行くかな
　　　　　　　　　　　　　　　　（『翡翠』片山広子）

⑤　La lune d'automne（秋月）
　　De la blanche étoffe des vagues écumant
　　sur la mer déchaînée
　　la lune d'automne sort
　　comme d'une robe.
　　白波の　布にすがりて　荒磯の
　　　　　秋の初めの　月のぼりきぬ

　　　　　　　　　　　　　（『薔薇』与謝野晶子）

⑥　Alors...（そして……）
　　Elles s'épanouissent
　　Alors on les regarde
　　Alors les fleurs se flétrissent.
　　Alors
　　咲くからに　見るからに花の　散からに

　　　　　　　　　　　（『仏兄七久留万』鬼貫）

⑦　L'été...（夏）
　　L'été dans la montagne

le crepuscule sur les crèdres

On entend la cloche d'une lieue.

夏山や　杉に夕日の　一里鐘

(『もとの水』伝芭蕉)

「七つのハイカイ」は、1925年にフランスで初演された。日本では1985年に初めて演奏され、その際の曲目解説には「日本の和歌がテキストになっている」と述べられている。最初の2曲のテキストとしては「古今集の序」と『古今和歌集』素性法師の「忘れ草」が特定されていたが、フランス語訳の出典は明記されていない[8]。

　初版楽譜をもとに7曲の歌詞の出典を探索した結果、フランス語訳の歌詞は、第3曲と第6曲以外すべて、キク・ヤマタ(1897-1975)によってフランス語訳された『日本の口の端に乗せて』から採られている[9]。近代短歌によった第4曲の「小さな亀」は片山広子『翡翠』(1916)、第5曲の「秋月」は与謝野晶子『薔薇』(1922)が典拠である。

　残りの3曲が「ハイカイ」に関連するものである。第3曲「雄鶏」の歌詞は『N.R.F.』誌「ハイカイ」アンソロジー中に掲載されていたジョルジュ・サビロン(Georges Sabiron 1882-1918)のハイカイ作品であり、作者名も楽譜に記されている。

　最後の2曲は、日本の俳句のフランス語訳をテキストにしている。第6曲「そして……」の歌詞は、『N.R.F.』誌の「ハイカイ」アンソロジーの前書きにクーシュー訳として掲載されていたフランス語訳俳句であり、その原句は「咲くからに見るからに花の散からに」(鬼貫)であった(『頭陀袋』1704〈宝永元年〉)。終曲「夏」の原句は、伝芭蕉の句「夏山や杉に夕日の一里鐘」である。

　この第6曲「そして……」について、楽譜による再現コンサートをもとに、クーシューの書に収載されているフランス語俳

第3章　音楽における和歌と俳句のジャポニスム　101

句とその解説を参考にしつつ、音楽の特徴を再確認してみたい。

　この曲は14小節。簡潔な3行の訳詩《Elles s'épanouissent, Alors / on les regarde, Alors les fleurs / se flétrissent. Alors...》（花は咲く、そして／人は見る、そして花は／散りゆく、そして……）が音楽に転写され、全曲でわずか40秒ほどであり、歌それ自体は20秒ほどである。きわめて短いが、暗い響きを秘めた印象派風の絶妙な歌には、この俳句の世界が、クーシューがこの句について解説していたように、「一瞬の閃きのうちに、万象の不断の流れと仏教の無常が凝縮されている」といえよう。その解説は「未完であることは、驚くべき表現であるばかりか、感覚でとらえ得る世界のイマージュそのものとなっている」と結ばれている。[注10]

　この第6曲「そして……」のフランス語訳詩について、詩人リルケが手紙に2度も引用し、「短さにおいて言い難く熟し、かつ純粋な形の詩の翻訳」と絶賛していた。1925年にリルケがスイスの画家ジョーク宛てに書いた手紙には、「美しく、無限に向かって開かれています」と特別な注を付けている。その手紙の中で俳句の世界について、「微小な詩的統一体」という考えが示されていた。

　詩人や作曲家を魅了したこの句の鬼貫の原句の最初の翻訳は、チェンバレンによる英訳である。鬼貫の原句は、チェンバレンやメートルの優れた翻訳を介し、クーシューのフランス語の解説によって、哲学的で詩的な俳句世界が開示されることになった。そのことによって、俳句と近代ヨーロッパ音楽、東西の芸術の融合に発展し、新たな芸術の創造が可能となった。

　なお、「七つのハイカイ」の初版楽譜の表紙には、藤田嗣治による童子の三身一体の絵がある。この表紙絵には3行からなるハイカイの芸術世界が、見事にイメージ化されている。

　ドラージュは、「七つのハイカイ」の楽譜を、親交のあった薩摩治郎八（1901-1976）に献辞を添えて贈っており、その最後

には、ドラージュの謙虚なエスプリに充ちた言葉が、次のように記されている——「えせ日本を題材にした、えせハイカイの作品をお許しください qu'il excuse les simili – Haï-Kaï sur simili – Japon」（1924年12月17日付）。

　その3日後の12月20日に、ドラージュは薩摩に、今度は「古池や」の原句を歌詞に選び、《Bashô》と明記し、曲を付けて、自筆譜を献辞も添えて贈っている。そこには「1924年12月20日、ドラージュは友人薩摩治郎八のために大いなる喜びをもってこのハイカイに曲を付けた Delage a composé avec grand plaisir cet Haï-Kaï pour son ami G. Satsuma le 20 Décembre 1924」と記されている。

　芭蕉の原句の歌詞をローマ字書きにした歌は4小節のみで、前奏と後奏合わせてわずか8小節である。楽譜には、奏法が「モデラート、♪＝60、2／4拍子」と指示されている。また興味深いことは、歌詞の前の余白に「書かれた音符に近似して歌うこと chanter près des notes écrites」と記されていることである。この書き込みは、日本語のリズムや抑揚を五線譜に表しきれなかったドラージュの、日本の人々への願いがこめられているのではないだろうか。

　パリで開催したレクチャー・コンサートで、この曲がフランスで初演された。自筆楽譜のコピーをもとに、日本人メゾソプラノの歌（小林真理）と、フランスのピアニスト（Christophe Maynard）とによって実現している。歌は原句をそのまま音化しているので、フランス語訳俳句の歌曲より遥かに短く、30秒足らずであった。この句に関してヨーロッパでは禅と結びついた深遠な解釈がなされているが、この歌は印象派的な響きを漂わせながらも、のどかで明るく、最後に蛙の飛びこむ水音がピアノで奏でられていた。

第3章　音楽における和歌と俳句のジャポニスム　103

●クロード・デルヴァンクール（Claude Delvincourt）作曲
「露の世 *Ce Monde de Rosée*」

　1924年、パリ音楽院長を務めたクロード・デルヴァンクール（1888-1954）によってクーシューの著作に掲載された14首の和歌のフランス語訳を素材とした14曲が、「露の世 *Ce Monde de Rosée*」という表題で作曲されている。

「露の世」は1924年11月に完成、翌年初演、1927年にパリのリュデュク社から楽譜が出版された。その楽譜の表題「露の世」の下には、「クーシュー博士による日本語からの訳出による14の古い和歌 quatorze《Uta》anciens traduits du japonais par le Dr. P.-L. Couchoud」とクーシューの和歌翻訳の業績が記されている。

　表題「露の世」の語は、和歌ではなく、一茶の俳句「露の世は露の世ながらさりながら」の上五から採られている。クーシューが「私が知る限り最も絶妙な1句」と絶賛した俳句である。[注11]

> Ce monde de rosée
> N'est certes, qu'un monde de rosée !
> Mais tout de même...

デルヴァンクール「露の世」の歌詞は、以下の通りである。

① Un vieux prêtre ＊	老僧
Quand le printemps revient	春がまためぐり来ると
Je me reprends à aimer	私もまた愛するようになる
Ce monde d'illusion...	この幻の世を…
– Sais-je dans quel monde futur	—いったいいつの来世に、

104

Je reverrai ces fleurs ?　　　再びこの花々を目にす
　　　　　　　　　　　　　　　ることになるのだろう
　　　　　　　　　　　　　　　か？

　　春来れば　なほこの世こそ　偲ばるれ
　　　　いつかはかかる　花を見るべき
　　　　　　　　（『新古今和歌集』雑歌上の1466　藤原兼実）

②　Le printemps　　　　　　　春

　　C'est la saison exquise　　　いまは麗しい季節
　　Où amis et inconnus　　　　道で出会う
　　Se rencontrent sur les chemins...　友も見知らぬ人々も…
　　– Toutes les marches qu'on frôle　―袖触れ合うごとに
　　Sont parfumées.　　　　　　花の香りをさせている。

　　このほどは　知るも知らぬも　たまぼこの
　　　　ゆきかふ袖は　花の香ぞする
　　　　　　　　（『新古今和歌集』春歌下の113　藤原家隆）

③　Le saule léger　　*　　　　軽やかな柳

　　Au souffle de la bise　　　　冷たい風がふきぬけて
　　Les cheveux du saule　　　　髪のような柳の葉が
　　S'effilent et volent　　　　　ほぐれては舞い上がる
　　– Toujours du même côté.　　―いつも同じ方向に。
　　C'est par là que fuit printemps !　春が過ぎ去るのはそこ
　　　　　　　　　　　　　　　からだ！

　　風ふけば　柳の糸の　かたよりに

第3章　音楽における和歌と俳句のジャポニスム　　105

なびくにつけて　すぐる春かな

（『金葉和歌集』春　白河院）

④　Lever de lune　　　　　　　　月の出

Du battement de leurs ailes　　己が翼のはばたきで
Les oies sauvages ont déchiré　雁たちが引き裂いた
Le petit nuage...　　　　　　　小さな雲を…
– Aussitôt qu'elles ont poussé leur petit cri
　　　　　　　　　　　　　　　─雁が鳴くとたちまち
Voici la lune !　　　　　　　　ほら月がのぞく！

村雲や　雁の羽風に　晴れぬらむ
　　声聞く空に　澄める月影

（『新古今和歌集』秋歌下の504　朝恵法師）

⑤　Les batteuses　　　　　　　　打つ女たち

Nuit profonde.　　　　　　　　夜も深まった。
Le bruit des batteuses　　　　　打ち手の音が
Devient irrégulier...　　　　　　乱れがちになる…
– En frappant le linge　　　　　─洗濯物をたたきなが
　　　　　　　　　　　　　　　ら
Elles doivent regarder la lune !　女たちも月を眺めてい
　　　　　　　　　　　　　　　るにちがいない！

小夜ふけて　砧の音ぞ　たゆむなる
　　月をみつつや　衣打つらむ

（『千載和歌集』秋下　覚性法親王）

⑥　Nocturne　　　　　　　　　夜想曲

Minuit.　　　　　　　　　　　　真夜中。
Au sommet du Fuji　　　　　　富士の頂に
La lune s'est arrêtée...　　　　月がかかる…
– La fumée seule du volcan　　―ただ火山の煙だけが
Pourrait ternir le ciel.　　　　空を曇らせることがで
　　　　　　　　　　　　　　　きよう。

小夜ふけて　富士のたかねに　すむ月は
　　煙ばかりや　くもりなるらむ
　　　　　　　　　　（『千載和歌集』秋下　藤原公能）

⑦　La jeune coquette　　　　　　おしゃれ娘

Avant que les pétales ne tombent
　　　　　　　　　　　　　　　花びらが散らないうち
　　　　　　　　　　　　　　　に
J'ai voulu piquer dans mes cheveux
　　　　　　　　　　　　　　　私は髪に挿したい
Une branchette de cerisier...　桜の小枝を…
– Daignez me le permettre　　―それを散らさないで
　　　　　　　　　　　　　　　おくれ
Méchant vent du soir.　　　　夕べのいたずらな風よ。

散らぬ間に　しばしかざさん　桜花
　　折る手にゆるせ　春の夕風
　　　　　　　　　　（『亀山殿七百首』春　藤原経継）

⑧　La bourrasque subite　　　　　突風

第3章　音楽における和歌と俳句のジャポニスム　107

La bourrasque	激しい風が
A précipité d'un seul coup	ひと吹きで
Les fleurs des arbres au sol.	木々の花を地面に散らした。
– J'ai cru voir jaillir	―たぎり落ちるのを見る思い
Une cascade !	一条の滝が。

山おろしに　乱れて花の　散りけるを
　　岩離れたる　滝とみたれば

（『山家集』春　西行）

⑨　Automne　　　　　　　秋

Voici que la lune	月が出ても
N'a plus un seul coin	もうその影が映る
Pour se refléter	わずかな隙もないほどに
– Sur l'étang envahi	―池一面に
Par les lotus en fleurs.	蓮の花が咲きあふれている。

おのづから　月やどるべき　ひまもなく
　　池に蓮の　花咲きにけり

（『山家集』夏　西行）

⑩　Les érables rougis　　　紅葉

La rivière de Tatsuta　　　竜田川に

Roule doucement	ひそやかに流れている
Un amas de feuilles rouges...	紅葉のひとむら…
– Si je passe je vais déchirer	—私が渡ればこわれて
	しまいそうな
Le somptueux brocart !	華麗な錦よ！

竜田川　紅葉乱れて　流るめり
　　渡らば錦　中や絶えなむ
　　　　　　　（『古今和歌集』秋歌下の283　よみ人しらず）

⑪　La fleurette des haies　　　　垣根の小花

Si je cueille la branche	枝を手折れば
La goutte tombera,	滴はこぼれてしまう
O lespedeza d'automne !	ああ　秋の萩よ！
– Dont chaque brin fléchit	—どの細枝もみなたわ
	んでいる
Sous une goutte de rosée.	露の雫に。

折りて見ば　落ちぞしぬべき　秋萩の
　　枝もたわわに　置ける白露
　　　　　　　（『古今和歌集』秋歌上の223　よみ人しらず）

⑫　Fin d'automne　　　　　　　秋の暮れ

Au bas du ciel	空のした
Ces caractères tracés	ひどく古びた墨で
D'une encre trop vieille...	書かれた文字の群れが
	ある…
– Ah ! sur l'horizon voilé	—ああ！　かすむ地平

第3章　音楽における和歌と俳句のジャポニスム　　109

C'est un passage d'oiseaux !　　　　　　線
　　　　　　　　　　　　　　　　　ひと連なりの渡り鳥
　　　　　　　　　　　　　　　　　だ！

薄墨に　かくたまづさと　みゆるかな
　　かすめる空に　かへる雁がね

　　　　　　　　　（『後拾遺和歌集』春上　津守国基）

⑬　L'hiver　　*　　　　　　　　冬

Sans le craquement　　　　　　弓なりになった
Des petits bambous courbés　　小竹の割れる音が
Qui se brisent　　　　　　　　しなければ
– On ne saurait pas dans la nuit noire,
　　　　　　　　　　　　　　　―知らなかっただろう、
Que la neige tombe.　　　　　闇夜に雪が降ったこと
　　　　　　　　　　　　　　　を。

くれ竹の　折れ伏す音の　なかりせば
　　夜深き雪を　いかで知らまし

　　　　　　　　　（『千載和歌集』冬　坂上明兼）

⑭　Méditation Bouddhique　　*　　仏陀の瞑想

Quand aux jours d'hiver　　　冬の日々
Du haut du ciel de blancs pétales
　　　　　　　　　　　　　　　天の高みから白い花び
　　　　　　　　　　　　　　　らが
Tombent en tourbillonnant,　渦巻きながら散りおち
　　　　　　　　　　　　　　　る。

– C'est qu'au delà des nuages 　　—そのとき雲の彼方で
　　　　　　　　　　　　　　　　は
Sûrement un printemps resplendit !
　　　　　　　　　　　　きっとまた春が輝いて
　　　　　　　　　　　　いる！

冬ながら　空より花の　散りくるは
雲のあなたは　春にやあるらむ
　　　　　　　（『古今和歌集』冬歌の330　清原深養父）

（＊印はリルケの所蔵本に手書き傍線のあるもの）

　14曲は、「老僧」と題する「花」をモチーフにした春の和歌
で始まり、「花」をモチーフにした「仏陀の瞑想」と題する冬
の和歌の曲で完結している。旋律においても、その最終曲には、
春の和歌の曲の一部が回想されている。
　デルヴァンクールは歌曲集を編むにあたって、クーシューの
訳を通じてそれぞれの和歌の季節の情趣を重んじ、季節ごとの
グループに分けて、最後は冬の和歌で終わる構成としたのであ
ろう。
　なお、それぞれの曲の題はクーシューが和歌を訳出する際に
付したものを摂取しているが、第5曲 Les batteuses と第14曲
Méditation Bouddhique は、クーシューの著書では無題であり、
デルヴァンクールが付した題名である。
　14の歌は、5つのグループ、5部に分かれている。第1部は
春を主題とした和歌の3曲、「第1曲 老僧 Un vieux prêtre」「第
2曲 春 Le printemps」「第3曲 軽やかな柳 Le saule léger」。第
2部は月を主題とした3曲、「第4曲 月の出 Lever de lune」「第
5曲 打つ女たち Les batteuses」「第6曲 夜想曲 Nocturne」。第
3部は再び春で、花を主題とした2曲、「第7曲 おしゃれ娘

第3章　音楽における和歌と俳句のジャポニスム　　111

La jeune coquette」「第8曲 突風 La bourrasque subite」と
なっている。第4部は、秋の和歌による4曲で、「第9曲 秋
Automne」「第10曲 紅葉 Les érables rougis」「第11曲 垣根の
小花 La fleurette des haies」「第12曲 秋の暮れ Fin d'automne」。
そして第5部は、冬の和歌による2曲で、「第13曲 冬 L'hiver」
「第14曲 仏陀の瞑想 Méditation Bouddhique」という構成である。
　最後の和歌にはクーシューの「この雪を、日本の歌人は春に
散り落ちる桜の花びらに見立てる。そしてこのような仏教的な
瞑想を抱く」という前書きが付されている[注12]。
　この最後の和歌のクーシュー訳は、以下のクロード・メート
ル訳を大部分摂取している。

> Quand, aux jours d'hiver,
> Du haut de ciel, les fleurs
> Tombent dispersées,-
> C'est qu'au-delà des nuages
> Brille sans doute un printemps !
> 冬の日々
> 空の高みから花が
> 散り散りに落ちくるとき、
> ―雲のかなたでは
> きっと春が輝いているのだ！

　メートルは「この歌では雪片と桜の白い花とを比較するとい
う古典的な直喩がたいへん見事に用いられている」と解説して
いる。ただしクーシューは、「この雪を、日本の歌人は春に散
り落ちる桜の花びらに見立てる」と解説して、和歌の本意を深
く鑑賞し、さらに雲の彼方に輝かしい春を待ち望む心もちに
「仏陀の瞑想」を重ねている。
　デルヴァンクールはクーシューのフランス語訳と解説に触発

されて、この和歌を最終曲に選び、仏教的なイメージを賦与した歌曲に編んでいることがうかがえる。

フランス側からは、「露の世」について音楽評論家・作家のW. L. ランドフスキー（Wanda L. Landowski 1899-1959）が、「デルヴァンクールは『露の世』で思想を決定的に表現したことで、才能の頂点に達したようである」と高く評価している。さらに、デルヴァンクールの新しい次元をひらいた傑作であり、「多くの長々しく重厚な楽譜以上の感性や優美な精神がその簡潔さにこめられている」と高く評価している。[注13]

日本古典詩歌・音楽・絵画のジャポニスムの結節点

「露の世」の楽譜の表紙絵は、淡彩を想起させるモノクロームの彩色を用いて、日本の風趣や和歌に詠われてきたイメージを見事に表現している（図3-3）。雲をたなびかせた富士と、海に浮かぶ3艘の舟、そして「道で出会う」旅人たち、樹木に囲まれた旅籠（はたご）という、日本古来の四季の風景のさまざまな要素が「コラージュ」のように、1枚の表紙の上で展開されている。

図案の源泉として、今のところ葛飾北斎の「富嶽百景　文辺の不

図3-3　デルヴァンクール「露の世」表紙

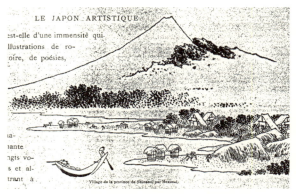

図3-4 「信濃国の村」(『芸術の日本』復刻版、エディション・シナプス刊より)

二」、歌川広重の「六十余州名所図会　駿河　三保の松原」などが挙げられている。特に北斎の「富嶽百景　文辺の不二」に描かれた富士は、ほぼ同じ構図で『芸術の日本』(フランス語版7号)に「信濃国の村(Village de la province de Shinano)」という題で挿図として掲載されており(図3-4)、一般に流布していた作品であった。

　アレクサンドル・タンスマン作曲の「八つの日本の歌」の表紙絵は、三味線に興じる男女が前景に、湖面に臨む富士が遠景に描かれ、その外側を燕子花に似た植物と樹木が額縁のように囲んでいる(前掲図3-2参照)。前景の男女については、サミュエル・ビングが編集した豪華月刊誌『芸術の日本』の第27号に挿入された鈴木春信の浮世絵「三味線(Le Shamisen)」を参考にしている。春信独特の細やかな三味線に興じる2人の恋人たちのしぐさがそのままに転用されている。タンスマン作曲の「百人一首」の和歌に詠われている恋の思いの情趣を漂わせている。そして、歌曲名と作曲者名、また出版社名もアルファベットの縦表記が用いられている。

　ドビュッシーの交響曲「海」(1905)の楽譜の表紙絵に、葛

飾北斎「富嶽三十六景　神奈川沖浪裏」の図案が付されている
ことは知られている。

　楽譜の表紙絵に描かれた視覚的イメージは、まさに詩歌と
音楽と絵画という3つの芸術ジャンルが融合した結節点として、
興味深い問題をわれわれに投げかけている。それは、作曲家が
思い描く音楽世界の、詩歌の世界からの視覚的表現であると同
時に、聴衆を音楽へと誘う扉なのである。

　ヨーロッパにおけるジャポニスムの隆盛は、20世紀の第一
次世界大戦の勃発を区切りとして終焉を迎えたとされている。
一般的にジャポニスムは、まず絵画や工芸を中心とした視覚芸
術に取り込まれ、少し遅れて文学、音楽へと波及した。日本の
俳句や和歌による歌曲の楽譜表紙絵は、これらのすべての諸芸
術が交差する場として、豊かな世界を提示している。

　2001年のパリ公演のコンサートのプログラムには、扉に当
時のフランス大使、小倉和夫氏のことばがある。

　　　こうした俳句の普遍性は、明治後期、フランスに俳句の
　　魅力を紹介したポール゠ルイ・クーシューの業績を紹介す
　　る今回の企画を通じても、浮かび上がっているものと云え
　　ましょう。

　　　和歌は俳句ほど世界中に広がってはいませんが、古くは
　　「倭歌」とも書いたように、中国の漢詩（からうた）に対す
　　る日本固有の歌（やまとうた）であり、俳句と並ぶ日本の
　　誇るべき芸術であります。今回の公演では、俳句だけでな
　　く、和歌の素晴らしさもフランスの方々に知って頂きたい
　　と思います。

　また、コンサートのプログラムには、藤原克己氏（東京大学
教授）の「和歌と俳句について」が掲載され、和歌について次
のように述べている（注1参照）。

第3章　音楽における和歌と俳句のジャポニスム　115

和歌はこの短い詩形のなかにいかなる詩想を盛ったの
か？　今宵歌われる歌曲のテキストは、だいたい9〜12
世紀の平安王朝貴族の和歌が中心となっているが、彼らが
好んで歌ったのは、四季と、満たされぬ恋の思いと、この
世の移ろいやすさとであった。そして四季の歌において、
彼らがとくに好んで歌ったのは、いわば‘非在の景’心象
の景である。ポール＝ルイ・クーシューによる仏訳テキス
トにクロード・デルヴァンクールが作曲した《露の世》の
第1曲〈老僧〉、第4曲〈月の出〉、そして最終曲〈仏陀の
瞑想〉（この歌の「花」は、現実の景では雪なのである。雪に花
を幻視し、そして雲のかなたの春を想像している）などに、日
本の古典和歌のエッセンスがあるといってよい。彼ら王朝
貴族たちは……こうした想像の景に、永遠不滅の美の存在
を信じていたのである。

　同プログラムでは、巻頭言において芳賀徹氏（当時　京都造
形芸術大学学長）もパリでのレクチャー・コンサートについて
「ジャポニスムの美しき余響」というメッセージを寄せている
（注1参照）。

　　この新世紀の第1年の春の一夕、百年前のジャポニスム
　の美しい余響、日本がまだ「藝術の国」であった時代の日
　仏の歌ごころの触れあいに、耳を傾ける。きっと、さまざ
　まな知的好奇心とともに、新世紀へのそこはかとない願い
　をも、私たちの心のうちに呼びおこしてくれることだろう。

　2018年には、フランスで「ジャポニスム2018」が幕開けす
る。和歌や俳句のジャポニスムの歌曲は、日本古典詩歌と近
代西洋音楽との初めての出会い──東西の芸術の神秘的な融

合——である。

　節目となるこの年に、日仏の芸術交流の火花が再び燃え上が
ることを期待したい。

注————————

　1　クーシューの俳句紹介の業績および俳句や和歌のフラン
　　ス語訳を素材にしたフランス歌曲や器楽曲を紹介するレクチ
　　ャー・コンサート「俳句と和歌によるフランス歌曲の夕べ
　　Une soirée de mélodies françaises sur des *haiku* et des *waka*」
　　は、2001年2-3月に、在仏日本大使館広報文化センター
　　（同大使館主催）とパリ日本文化会館大ホールにおいて開催
　　された。同会館では日本歌曲も含めて「俳句と和歌によるフ
　　ランス、日本歌曲の夕べ Une soirée de mélodies françaises
　　et japonaises sur des *haiku* et des *waka*」として開催され
　　た。同会館での主催は「俳句・和歌による20世紀音楽研究
　　会」（代表　秋山光和〈当時　日仏会館副理事長、東京大学名
　　誉教授、フランス学士院客員会員〉、芳賀徹、藤原克己、鶴園
　　紫磯子、船山信子、内山允子、金原礼子、森洋久、黒田愛、小
　　泉順也、前島志保、柴田依子）である。共催は柿衞文庫であ
　　り、フランスで初めて、芭蕉や蕪村ほかの真蹟がパリ日本文
　　化会館において、同文庫のご厚意により展示された。助成は、
　　笹川日仏財団、国際文化交流基金、朝日新聞社文化財団ほ
　　か、後援は、在仏日本大使館、日仏会館、日仏音楽協会によ
　　り、日仏の声楽家、ピアニストによって、パリ公演が実現し
　　た。日仏両国語によるプログラム、歌詞対訳は「俳句・和歌
　　による20世紀音楽研究会」のメンバーの協力によって作成
　　された。同プログラムの扉に、当時の小倉和夫駐仏日本大使
　　が巻頭言を書かれた。また芳賀徹氏（当時　京都造形芸術大
　　学学長）が「ジャポニスムの美しき余響」を記している。藤
　　原克己氏（東京大学教授）が「和歌と俳句について」の論考
　　を寄せてくださり、また歌詞対訳の和歌の原拠の特定につい
　　てもご教示くださった。小泉順也氏（現　一橋大学大学院准

第3章　音楽における和歌と俳句のジャポニスム　117

教授）は、パリ公演において絵画のジャポニスムについて視覚資料発表を担当し、楽譜の表紙絵について研究報告書を作成した。パリ公演の企画、レクチャーを柴田依子（当時　フランス国立東洋文化研究所客員研究員）が担当した。なお萩原伊久子氏の助力により、La maison Opéra と当時呼ばれていた、コンサート用のサロンがあるナポレオン3世ゆかりの館（パリのオペラ座を建設したシャルル・ガルニエによって建てられたといわれている）においても、「俳句と和歌によるフランス、日本歌曲の夕べ」のサロン・コンサートを開催する機会を得た。

　日本においても1999年、クーシューの著書の邦訳『明治日本の詩と戦争－アジアの賢人と詩人』がみすず書房から刊行された年に、レクチャー・コンサート「俳句と和歌によるフランス歌曲の夕べ」が日仏会館（東京）、関西日仏学館（京都）、長野県松本文化会館（松本）において開催された（資料3－4）。

2　2016年、京都で開催された日文研フォーラムにおいて、ミロエヴィッチ作曲「大和 Japan」の楽譜（Copyright by Genza Kohn. Belgrade, Jugoslavie 1932）を山崎佳代子（ベオグラード大学文学部教授）より恵贈された。

3　「三つの日本の抒情詩」『ストラヴィンスキー　作曲家別名曲解説ライブラリー 25』音楽之友社　1995　p.199-201

4　ロシア語訳『日本の抒情詩 *Japonskaja lirika*』（1912）の表紙には、以下のように表題と翻訳者名、出版社と住所、最後に出版年が記されている。

　　Японская лирика. Переводы А. Брандта. С.-Петербург, Тип. Ю.Н.Эрлихъ (вл. А.Э. Коллинсъ), М. Дворянская 19, 1912. [Japonskaja lirika. Perevody A. Brandta. S.-Peterburg, Tip. Ju.N. Erlikh (vl. A.E. Kollins), M. Dvorjanskaja 19, 1912.]、[日本の抒情詩. A. ブラント訳. サンクトペテルブルグ、Ju. N. エルリフ印刷所（社主 A. E. コリンス）、マーラヤ・ドヴォリャンスカヤ通り19番、1912年刊]

ブラント訳による『日本の抒情詩』について、田村充正は以下のように言及している。

　「ブラント訳による『日本の抒情詩』には『万葉集』から本居宣長までの約90首が散文訳され、『万葉集』と『古今和歌集』からの歌が3分の2以上で、俳句はない。ロシア語訳の主な典拠になっているのは、K. フローレンツ著『日本文学史』(1906)、M. ルヴォン著『日本文学アンソロジー』(1910)である」(田村充正「ロシアにおける和歌の受容」『比較文学』35巻　日本比較文学会　1992　p.151–166)。

　なおロシア語訳者アレクサンドル・ブラントについて、最近、松枝佳奈の論文「A.A. ブラント (1855–1933)—大庭柯公 (1872–1922頃) と交流した来日ロシア人」『異郷に生きる VI—来日ロシア人の足跡』(成文社　2016年9月　pp.145–156) により、「ペテルブルク交通技術大学の教授や学長を歴任し、〔略〕日本関連書籍を蒐集し翻訳和歌集を出版するなど、日本愛好家やアマチュアの日本研究者としていた可能性がある」ことが初めて明らかにされた。

5　同楽譜を、Prof. Dr. Hendrik Birus（当時 Ludwig-Maximilians-Universität München）より、1995年フランス研究留学中に恵贈にあずかった。

6　André Souris, Trois poèmes japonais（1916）

　Réduction pour soprano et piano

　Bashô（1644–1694）　CLOCHE

　Par les nuages de fleurs,

　la cloche est-ce celle d'Ouéno

　ou celle d'Açakouça

　Korénori　IXe siècle　NEIGE

　Au point du jour, paraissant aux yeux,

　presque comme la lune de l'aube

　la veige blanche tombe sur le village de Yoshino

　Horikawa　XIIe siècle　AMOUR

Si ce pouvait être pour longtemps !

Mais je ne connais pas son cœur...

Et je pense anxieusement le matin,

En désordre comme ma noire chevelure

7　Michel Revon, *Anthologie de la littérature japonaise, des origines au XXe siècle*, p.87

8　『第一回　東京の夏　音楽祭 '85』　p.67

9　Kikou Yamata, 日本の口の端に乗せて―ポール・ヴァレリー書、簡体序文付き *Sur des lèvres japonaises, avec une lettre ― préface de Paul Valéry*, Le Divan, 1924, p.99, 141, 143

10　『明治日本の詩と戦争―アジアの賢人と詩人』　p.120、 *Sages et Poètes d'Asie*, p.113.

11　注10同書、p.121、*ibid.*, p.113

12　«Cette neige, le poète japonais la compare aux pétales qui tombent des cerisiers au printemps, ce qui lui inspire cette méditation bouddhique», *ibid.*, p.32

13　«[Il...] paraît avoir atteint à la plénitude de son talent, à l'expression définitive de sa pensée dans Ce monde de rosée.», W. L. Landowski, L'Œuvre de Claude Delvincourt, Éditions le Bon Plaisir, Librairie Plon, 1948, p.29

資　料　編

資料1－1　(1)ランゲによるドイツ語訳『古今和歌集　春ノ部』
　　　　　表紙

資料1－1　(2)ランゲによるドイツ語訳『古今和歌集　春ノ部』
和歌11（壬生忠岑）、和歌12（源当純）

— 10 —

11.

Haru no hajime no uta
Mibu no Tadamine.

Haru kinu to　hito wa iedo mo　uguisu no
nakanu kagiri wa　araji to zo omou.

Gedichtet von Mibu no Tadamine bei Frühlingsanfang.

Mögen die andern auch sagen, der Lenz sei heuer
erschienen.
Wenn noch die uguisu) nicht singt, glaub' ich
noch nicht an den Lenz.

Der Dichter Mibu (Nibu? s. Chamberlains classical poetry
p. 222) no Tadamine war einer der vier Sammler der Kokin-
wakashu. Er soll niedriger Herkunft gewesen und im Jahre 965
hochbetagt gestorben sein.

————

12.

Kampio no ontoki kisai no miya no utawase no uta
Minamoto no Masazumi.

Tani kaze ni tokuru koori no　himagoto ni
uchiizuru nami ya　haru no hatsu hana.

124

— 11 —

Gedichtet von Masazumi, aus dem Geschlechte Minamoto,
bei Gelegenheit einer utawase der kisai no miya, welche in der
Periode Kampio stattfand.

Wogen brechen hervor vom Eis, so der Thal-
wind zerschmelzet,
Blumen gleich, die zuerst sendet vor andern der
Lenz.

Der Vergleich der Wogen, die das schmelzende Eis entsen-
det, mit den Blumen des Lenzes, ist kühn und wenig anschaulich.
Wie der Japaner noch heute die ersten Vorrichtungen im
neuen Jahre mit gewisser Feierlichkeit vornimmt und be-
nennt (zum Beispiel: kadzomeru „das erste Schreiben"), so
wendet er auch den ersten Erscheinungen in der Natur be-
sondere Aufmerksamkeit zu und kennzeichnet sie durch den
Zusatz „hatsu". Wie in unserm Gedicht die Erstlingsblume
„hatsu hana" heisst, so heisst „hatsu yuki" der erste Schnee,
„hatsudori" der erste Hahnenschrei des neuen Jahres, „hatsu
kari" die erste Wildgans u. s. w.
Die Prinzessin Kisai no miya muss in der Periode Kampio
(889—898) eine Anzahl guter Dichter um sich versammelt
haben. Bei Gelegenheit dieser utawase sind viele gute Verse
zu Stande gekommen, von denen eine Anzahl in unsere
Sammlung aufgenommen worden ist: I 12, 14, 15, 24, 46,
47, 60, II 24, 33, 34, 35, 50, 63. Die drei folgenden Ge-
dichte 13, 14, 15 stammen ebenfalls daher, die Ueberschrift
zu 12 gilt also auch für diese drei.

資料１－２ 『芸術の日本』（19号）「日本美術における詩歌の伝統（Ⅰ）」で紹介された和歌

　翻訳の順番を考慮し、ランゲによるドイツ語訳、チェンバレンまたはディケンズの英訳を参照している場合はその英語訳、ブリンクマンが掲載したドイツ語訳、フランス語訳の順で掲載する。なお、「日本美術における詩歌の伝統（Ⅰ）」のフランス語訳版に掲載された『古今和歌集』の和歌は、ドイツ語版からの重訳であるが、フランス語訳者名は記載されていない。

引用文献リスト

ランゲ訳　*Altjapanische Frühlingslieder aus der Sammlung Kokinwakashu*
　ドイツ語版　*Japanischer Formenschatz*
ブリンクマン訳　Die Poetische Überlieferung In Der Japanischen Kunst(I)
　フランス語版　*Le Japon artistique* La tradition poétique dans l'art au Japon(I)
　英語版　*Artistic Japan*
チェンバレン訳　The Poetic Tradition in Japanese Art(I)
ディケンズ訳　*Hyak Nin Is'shiu*
※和歌の表記は、主として角川ソフィア文庫によった。

1　春やとき　花やおそきと　聞きわかむ
　　　鶯だにも　鳴かずもあるかな

（『古今和歌集』春歌上の10　藤原言直）

　ランゲ訳　pp.9-10

　Haru no hajime ni yomeru　Fujiwara no Kotonao
　[Haru ya toki　hanaya osoki to　kikiwakanu　uguisu dani mo nakazu mo aru kana.]

　　　　Gedichtet von Fujiwara no Kotonao am Anfang des Frühlings.

　Kam zu früh uns der Lenz ?　verspäten sich heuer die Blüten ?

　Wissen könnt' ichs, doch ach !　auch noch die uguis(u) ist stumm.

Der Dichter Kotonao, aus dem berühmten Geschlechte Fujiwara,

kommt in der Abteilung der Frühlingsgedichte nur hier vor.

ブリンクマン訳　p.91

Kam zu früh uns der Lenz ? Verspäten sich heuer die Blüten ?

Wissen könnt' ich's, doch ach ! auch noch die Nachtigall schweigt.　(*Kokinshifu*, Anthologie des 9. Jahrhunderts.)

フランス語版　p.88

Le printemps est-il venu trop tôt ? Ou les fleurs sont-elles en retard cette année ? Comment le saurais-je ?

Le rossignol est toujours muet.

(*Kokinshifu*, recueil du IXe siècle.)

2　雪のうちに　春は来にけり　鶯の
　　こほれる涙　今やとくらむ

（『古今和歌集』春歌上の4　二条の后）

チェンバレン訳　p.241

Spring, spring, has come, yet the landscape bears Its fleecy burden of unmelted snow !

Now may the zephyr gently 'gin to blow, To melt the nightingale's sweet frozen tears !

ランゲ訳　pp.3-4

Nijo no kisaki no haru no hajime no onuta.

[Yuki no uchi ni haru wa ki ni keri uguisu no kooreru

資　料　編　**127**

namida ima ya tokuramu.]

Ein Gedicht der Kaiserin, die im Palaste von Nijo wohnte, bei Frühlingsanfang.

Siehe, der Lenz ist erschienen, weil Schnee noch die Erde verhüllet ,

Taut in der uguisu Aug' nun das gefrorene Nass ?

ブリンクマン訳　p.91

Siehe, der Lenz ist erschienen, weil Schnee noch die Erde verhüllet ;

taut in der Nachtigall /(uguisu) Aug' nun das gefrorene Nass ?

(*Kokinshifu*, Gedicht einer Kaiserin, Germahlin des Kaisers Seiwa.)

フランス語版　p.88

Le printemps est apparu pendant que la neige couvrait encore la terre. Les larmes gelées dans l'œil du rossignol vont-elles fondre à présent ?

(*Kokinshifu*, — Poésie d'une impératrice, épouse de l'empereur Seïwa, IXe siècle.)

3　春立てば　花とや見らむ　白雪の
　　　かかれる枝に　鶯の鳴く

（『古今和歌集』春歌上の6　素性法師）

チェンバレン訳　p.241

Amid the branches of the silv'ry browers

The nightingale doth sing; perchance he knows

That spring hath come, and takes the later snows

For the white petals of the plum's sweet flowers.

ランゲ訳　p.6

Yuki no ki ni furizakareru no yomeru　Sosei hōshi.

[Haru tateba　hana to ya miramu　shirayuki no　kakareru yeda ni　uguisu no naki.]

Gedichtet auf den Schnee, der die Bäume bedeckt, vom Priester Sosei.

Da der Flühling gekommen,　ertönen die Lieder　der uguisu Auf den Zweigen voll Schnees; hält sie für Blumen ihn wohl ?

ブリンクマン訳　p.91

Da der Flühling gekommen,　ertönen der Nachtigall Lieder auf den Zweigen voll Schnee; hält sie für Blumen ihn wohl ?

(*Kokinshifu*, Gedicht des Priesters Sosei, 9. Jahrhunderts.)

フランス語版　p.88

Le printemps est venu. Le rossignol chante dans les buissons couverts de neige. La prend–il donc pour des fleurs ?　(*Kokinshifu*, — Poésie du prêtre Soseï, IXe siècle.)

4　君がため　春の野に出でて　若菜摘む
　　　わが衣手に　雪は降りつつ
　　　　　　　　　　　　（『古今和歌集』春歌上の 21　光孝天皇）

ランゲ訳　p.17

Ninnna no mikado　miko ni owashimashikeru toki ni hito ni wakana tamaikeru onuta.

[Kimi ga tame　haru no no ni idete　wakana tsumu　waga

資　料　編　129

koromode ni yuki wa furitsutsu.]

Dieses Lied ist vom Kaiser der Periode Ninna zu der Zeit gemacht, als er noch Prinz war und jemandem junge Sprossen brachte.

Deinetwegen ging ich aufs Feld und sammelte Sprossen.
Aber noch rieselte Schnee mir auf die Aermel herab.

フランス語版　p.88

Pour te plaire, ma bien-aimée, j'ai parcouru les champs et cueilli les pousses de l'herbe wakana. Voici la neige qui tombe et étoile mes manches de ses flocons.
　　(*Kokinshifu*, –Poésie du jeune empereur Kôko, IXe siècle.)

5　ときはなる　松の緑も　春来れば
　　　　いまひとしほの　色まさりけり
　　　　　　　(『古今和歌集』春歌上の24　源宗于朝臣)

ランゲ訳　p.19

Kampio no ontoki　kisai no miya no utaawase ni yomeru Minamoto no Muneyuki no ason.

[Tokiwa naru　matsu no midori mo　haru kureba　ima hitoshio no　iro masari keri.]

Veranlassung siehe I 12.　Dichter : Muneyuki mit dem Titel Ason aus dem Geschlechte Minamoto.

Unverändert und stät verbleibet die Farbe der Kiefer,
Aber erscheinet der Lenz, färbt sich noch schöner ihr Grün.

ブリンクマン訳　p.92

Unverändert und stät verbleibet die Farbe der Kiefer ; aber erscheinet der Lenz, färbt sich noch schöner ihr Grün.

(*Kokinshifu.*)

フランス語版　p.88

Le matsu (pin) garde sa verdure constante. Pourtant,
dès que vient le printemps, son feuillage prend un éclat
nouveau.　　　　　　　　　　　　　　　　(*Kokinshifu.*)

6　あさみどり　糸よりかけて　白露を
　　玉にもぬける　春の柳か
　　　　　　　　（『古今和歌集』春歌上の27　僧正遍昭）

ランゲ訳　p.21

Nishi odera no hotori no yanagi wo yomeru　Sōjō Henjo
[Asamidori ito yorikakete shiratsuyu wo tama ni mo
nukeru haru no yanagi ka.]
　　Gedichtet vom Bischof Henjo: auf die Weiden bei
　　Nishi odera.
Prächtige Weide des Lenzes！auf hellgrün leuchtende
Fäden
Reihest blinkenden Taus Tropfen als Perlen du auf.

ブリンクマン訳　p.92

Prächtige Weide des Lenzes！Auf hellgrün leuchtende
Fäden reihest blinkenden Taus Tropfen als Perlen du auf.
　　　　　　　　(*Kokinshifu*, Gedicht des Priesters Henjo.)

フランス語版　p.88

Saule pleureur du printemps, sur tes branches d'un vert
tendre, et déliées comme des fils, roulent des gouttes de
rosée semblables à des perles.

資　料　編　131

(Poésie du prêtre Henjo, IXe siècle.)

7　春の着る　霞の衣　ぬきをうすみ
　　山風にこそ　乱るべらなれ

（『古今和歌集』春歌上の23　　在原行平朝臣）

　ランゲ訳　p.18

　Dai shirazu Ariwara no Yukihira

　[Haru no kiru   kasumi no koromo nuki wo usumi
　yamakaze ni koso midarubera nare.]

　Veranlassung unbekannt, Dichter: Yukihira aus dem
　Geschlechte Ariwara.

　Dünn sind die Fäden, die quer durch Lenzes dunstig
　Gewand ziehn,

　Leicht zerreisst sie der Wind, so vom Gebirge erbraust.

　ブリンクマン訳　p.92

　Dünn sind die Fäden, die quer durch Lenzes dunstig
　Gewand ziehn; leicht zerreisst sie der Wind, so vom
　Gebirge erbraust.　　　　　　　　　　　(*Kokinshifu.*)

　フランス語版　p.89

　Le vêtement vaporeux du printemps, tissé de brume,
　se déchire facilement, si le vent de la montagne vient à
　souffler.　　　　　　　　　　　(*Kokinshifu*, IXe siècle)

8　誰しかも　とめて折りつる　春霞
　　立ち隠すらむ　山の桜を

（『古今和歌集』春歌上の58　　紀貫之）

ランゲ訳　p.42

Oreru sakura wo yomeru　Tsurayuki.

[Tare shi ka mo　tomete oritsuru　harugasumi　tachi
kakusuramu　yama no sakura wo.]

　　Gedichtet von Tsurayuki auf eine gepflückte Kirschblüte.
Wer wohl suchte und brach des Berges *herrliche* Blüte ?
Steigender Frühlingsdunst hüllte verbergend sie ein.

ブリンクマン訳　p.92

Wer wohl suchte und brach des Berges herrliche Blüte ?
Steigender Frühlingsdunst hüllte verbergend sie ein.

(*Kokinshifu.*)

フランス語版　p.89

Qui donc cherchait pour la cueillir la fleur charmante des
montagnes? Le brouillard du printemps s'est élevé et a
caché la fleur.　　　　　　　　　　　　　　(*Kokinshifu.*)

9　桜花　咲きにけらしな　あしひきの
　　　山のかひより　見ゆる白雲

(『古今和歌集』春歌上の59　紀貫之)

ランゲ訳　p.43

Uta tatematsure to ōserareshi toki ni yomite tatematsuru.
[Sakurabana　saki ni kerashi mo　ashibiki no　yama no kai
yori　miyuru shirakumo.]

Gedichtet von Tsurayuki, als er vom Kaiser den Auftrag
erhalten, ein Gedicht zu machen.

Siehe, es scheinen zu blühn die Kirschen ; denn zwischen
den Bergen

資　料　編　　133

Leuc htet weisses Gewölk *lieblicher* Blüten hervor.

ブリンクマン訳　p.92

Siehe, es scheinen zu blühn die Kirschen ; denn zweischen
den Bergen leuchtet weisses Gewölk lieblicher Blüten
hervor.　　　　　(Vom Dichter Tsurayuki im *Kokinshifu.*)

フランス語版　p.89

Vois–tu, les cerisiers paraissent fleuris. C'est, dans les
gorges de la montagne, les fleurs qui semblent des nuages
blancs.　　　　　　　　　　　　　　　(*Ibid.*)

10　山高み　見つつわが来し　桜花
　　　風は心に　まかすべらなり
　　　　　　　　　　(『古今和歌集』春歌下の87　紀貫之)

ランゲ訳　p.59

Hiye ni noborite kaerimōde kite yomeru　Tsurayuki
[Yama takami　mitsutsu waga koshi　sakurabana　kaze wa
kokoro ni　makasubera nari.]
Gedichtet von Tsurayuki, als er von der Besteiguns des
Hiye zurückkehrte.
Ach, wie beneid' ich den Wind, der macht, was er will, mit
den Blüten,
Da das Gebirge zu hoch,　sah ich von ferne sie nur.

ブリンクマン訳　p.92

Ach, wie beneid ich den Wind, der macht, was er will, mit
den Blüten; da das Gebirge zu hoch, sah ich von ferne sie
nur.

フランス語版　p.89

Je suis jaloux du vent qui caresse les fleurs du cerisier, là-
haut sur la montagne, où je ne puis les atteindre.

(Poésie de Tsurayuki.)

11　春雨の　降るは涙か　桜花
　　　散るを惜しまぬ　人しなければ

（『古今和歌集』春歌下の88　大伴黒主）

ランゲ訳　p.60

Dai shirazu　Õtomo Kuronushi
[Harusame no　furu wa namida ka　sakurabana　chiru wo
oshimanu　hito shi nakereba.]

Anlass unbekannt.　Dichter : Õtomo Kuronushi
Jeder trauert darob,　dass fallen die Blüten der Kirschen,
Sollte der Regen im Lenz Thränen der Trauernden sein ?

ブリンクマン訳　p.93

Jeder trauert darob, dass fallen die Blüten der Kirschen;
sollte der Regen im Lenz Thränen der Trauernden sein ?

フランス語版　p.89

Chacun regrette que les fleurs des cerisiers soient
dispersées : la pluie du printemps serait-elle des larmes de
deuil ?　　　　　　　　　　　　　　　　(*Kokinshifu.*)

12　花の散る　ことやわびしき　春霞
　　　たつたの山の　鶯の声

（『古今和歌集』春歌下の108　藤原後蔭）

資　料　編　135

ランゲ訳　p.71

Ninna no chujo no miyasudokoro no iye ni utaawase sen to
shikeru toki ni yomeru　Fujiwara no Nochikage
[Hana no chiru　koto ya wabishiki　harugasumi　Tatsuta
no yama no　uguisu no koye.]
Gedichtet von Nochikage aus dem Geschlechte Fujiwara,
als man eine utaawase im Palaste der Prinzessin Chujo
in der Periode Ninna (885～889) veranstalten wollte.
Dort auf Tatsutas Bergen, wo Dunst des Lenzes
emporwallt,
Klaget die uguis(u) ihr Lied ; ist's weil die Blüten
verwehn ?

ブリンクマン訳　p.93

Dort auf Tatsutas Bergen, wo Dunst des Lenzes
emporwallt, klaget die Uguis ihr Lied ; ist's weil die Blüten
verwehn ?　　　　　　　　　　　　　　　　　　(ebenda.)

フランス語版　p.89

Sur la montagne de Tatsuta, où monte la vapeur du
printemps, le rossignol fait entendre un chant plaintif.
Est-ce parce que les fleurs se fanent ?　　　　　(*Ibid.*)

13　散る花の　なくにしとまる　ものならば
　　　　われ鶯に　おとらましやは
　　　　　　　　　　　　　　　(『古今和歌集』春歌下の107　典侍洽子)

ランゲ訳（『古今和歌集　春ノ部』）　p.70

Naishi no suke Amaneiko no ason.

[Chiru hana no naku ni shi tomaru mono naraba ware uguisu ni otoramashi ya wa.]

Gedichtet von einer Hofdame Amaneiko no ason.

Blieben die Blüten am Baum erhörend die flehenden Klagen,

Klagen wollt' ich noch mehr, als es die uguis(u) vermag.

ブリンクマン訳　p.93 の脚注の１の３つ目

Blieben die Blüten am Baume erhörend die flehenden Klagen ; klagen wollt' ich noch mehr, als es die uguis' vermag.　　　　(Gedicht einer Hofdame im *Kokinshifu*.)

フランス語版　p.89

Si les fleurs du cerisier pouvaient entendre les plaintes suppliantes, j'élèverais ma voix plus haut que le rossignol même.　　　　(Poésie d'une dame de la cour impériale.)

14　なきとむる　花しなければ　鶯も

　　　はてはものうく　なりぬべらなり

　　　　　　　　　　　(『古今集和歌集』春歌下の128　紀貫之

ランゲ訳　p.84

Yayoi ni uguisu no koye hisashiu kikizarikeru wo yomeru Tsurayuki.

[Naki tomuru hana shi nakereba uguisu mo hate wa mono uku narinu beranari.]

Gedichtet von Tsurayuki im dritten Monat, als er die Stimme der uguisu lange nicht gehört hatte.

Wie auch die uguis(u) klagte, am Baum blieb keine der Blüten,

資料編

Traurig ist sie verstummt, endlich verlierend die Lust.

ブリンクマン訳　p.93

Wie auch die Uguis' klagt , am Baume blieb keine der
Blüten; traurig ist sie verstummt, endlich verlierend die
Lust.　　　　　　　　　　　　(Von Tsurayuki im *Kokinshifu.*)

フランス語版　p.89

Si haut que le rossignol fit entendre sa voix plaintive, il n'a
pu retenir une seule fleur du cerisier.
Triste, il désespère de son chant et se tait.　　　　(*Ibid.*)

15　わがやどの　池の藤波　咲きにけり
　　　山ほととぎす　いつか来鳴かむ
　　　　　（『古今和歌集』夏歌の135　よみ人しらず　伝柿本人麻呂）

チェンバレン訳　p.242

In blossoms the wisteria-tree to-day
Breaks forth that sweep the wavelets of my lake.
When will the mountain-cuckoo come and make
The garden vocal with his first sweet lay ?

ブリンクマン訳　p.93

Die Blüten der Glycine entflaten sich in langen Trauben,
welch den Spiegel des Teiches fegen; wann wird der
Kuckuck der Berg seinen ersten süssen Sang in meinem
Garten erschallen lassen ?　　　　(Hitomaro im *Kokinshifu.*)

フランス語版　p.90

Les fleurs de la glycine éclosent en longues grappes qui

balayent l'étang du jardin. Quand le coucou de la montagne viendra-t-il faire résonner mon jardin de ses premiers chants, si doux ?　　　　　(*Kokinshifu*,— Poésie de Hitomaro)

16　山吹は　あやなな咲きそ　花見むと
　　　植ゑけむ君が　こよひ来なくに
　　　　　　　　　　（『古今和歌集』春歌下の123　よみ人しらず）

　ランゲ訳　p.80

　[Yamabuki wa　ayana na saki so　hana mimu to　uye kemu kimi ga　koyoi konaku ni.]
　　　　　　　　　　　　　Veranlassung und Dichter unbekannt.
　Kerria, blüh' doch nicht zwecklos, denn ach ! der Geliebte. Der dich zu schauen gepflanzt, bleibet die Nacht von mir fern.

　ブリンクマン訳　p.93

　Kerria, blühe nicht zwecklos, denn ach ! der Geliebte, der dich zu schauen dich pflanzte, bleibet die Nacht von mir fern.　　　　　　　　　　　　　　　　(*Kokinshifu*)

　フランス語版　p.90

　Kerria, ne fleuris pas inutilement !　　Mon amant, qui t'a planté, sera loin de moi cette nuit !　　　　(*Kokinshifu*)

　※以下は『春ノ部』ではないので、ランゲのドイツ語訳は存在し
　　ない。

17　はちす葉の　にごりにしまぬ　心もて
　　　なにかは露を　玉とあざむく

資　料　編　139

（『古今和歌集』夏歌の165　僧正遍昭）

チェンバレン訳　p.243

O, lotus leaf！I dreamt that the wide earth
Held naught naught more pure than thee — held naught
more true.
Why, then, when on thee rolls a drop of dew,
Pretend that 'tis a gem of priceless worth？

ブリンクマン訳　p.94

Oh, Lotoskelch！Mir träumte, dass die weite Erde nichts
Reineres berge als dich, nichts Wahreres.
Warum nicht, wenn auf dir ein Tropfen Thaues rollt, ihn
halten für einen Edelstein von unschätzbarom Wert？
(*Kokinshifu.*)

フランス語版　p.90

Ô calice du Lotus, je rêvais que l'immense Terre ne
contient rien de plus pur que toi, rien de plus fidèle！
Je comprends que lorsqu'une goutte de rosée roule sur toi,
on l'estime comme un bijou sans prix.　　(*Ibid.*)

18　きのふこそ　早苗とりしか　いつのまに
　　　稲葉そよぎて　秋風の吹く
　　　　　　　（『古今和歌集』秋歌上の172　よみ人しらず）

チェンバレン訳　p.243

Can I be dreaming？'Twas but yesterday
We planted out each tender shoot again；
And now the autumn breeze sighs o'er the plain,

Where fields of yellow rice confess its sway.

ドイツ語版—ブリンクマン　p.94

Träum ich ? Gestern erst pflanzten wir die zarten Sprossen,
und schon saust der Herbstwind
über die Ebene, wo Felder gelben Reises unter ihm wogen.

(ebenda.)

フランス語版　p.90

Suis–je le jouet d'un rêve ?　Hier nous plantions les tendres
pousses du riz
et voici qu'aujourd'hui les champs dorés ondoient sous le
souffle du vent d'automne.　　　　　　　　　　(Ibid.)

19　秋の野に　置く白露は　玉なれや
　　つらぬきかくる　くもの糸すぢ

(『古今和歌集』秋歌上の225　文屋朝康)

チェンバレン訳　p.243

The silv'ry dewdrops that in autumn light
Upon the moors must surely jewels be;
For there they hang all over hill and lea,
Strung on the threads the spiders weave so light.

(Hyakunin-ishiu.)

ブリンクマン訳　p.94

Die silberigen Thautropfen, welche im Herbste auf den
Wiesen glänzen, müssen wahrlich Edelsteine sein,
denn dort hängen sie allüberall, aufgezogen auf die Fäden,
welche von den Spinnen fein gesponnen sind.

資　料　編　141

フランス語版　p.90

Les gouttes de rosée que l'on voit aux champs en automne
doivent être des perles.
Les voici répandues sur la campagne, retenues aux fils que
tissent les araignées. (*Ibid.*)

20　山川に　風のかけたる　しがらみは
　　　流れもあへぬ　紅葉なりけり

（『百人一首』32　春道列樹）

ディケンズ訳　p.243

The winds of autumn have amassed
Dried withered leaves in ruddy heaps,
Have them in th' mountain-torrent cast
Whose stream in stony channel sweeps;
Amid the rocks that bar the way
The mouisji's reddened leaves delay. (*Hyakunin-ishiu.*)

ブリンクマン訳　p.94

Sag, warum der Thau, selbst so silbernweiss und klar,
färbt doch wundersam nächtlich mit Purpurgluten Ahorns
herbstlich Blätterkleid ? (ebenda.)

フランス語版　p.91

Le vent d'automne souffle et des tourbillons de feuilles
mortes remplissent le lit pierreux du torrent.
Où le rocher arrête les eaux, flottent les feuilles rougeâtres
de l'érable. (*Hyakounin-ishiu.*)

21　奥山に　紅葉踏み分け　なく鹿の

声きくときぞ　あきは悲しき
(『百人一首』5　よみ人しらず　伝猿丸大夫)

ディケンズ訳　p.244

Now 'mid the hills the mouisji
　　Is trampled down 'neath hoof of deer,
Whose plaintive cries continually
　　Are heard both far and near.
My shivering frame
Now autumn's piercing chills doth blame !
　　　　　　　　　　　　　(*Hyakunin-ishiu.*)

ブリンクマン訳　p.94

Der Herbstwind wirbelt Haufen dürren Laubs in des
Bergstroms stein'ges Bett,
wo der Fels den Weg versperrt, wogt des Ahorns rötlich
Laub.　　　　　　　　　　(*Hyakuninis'shiu.*)

フランス語版　p.91

L'érable est fouillé par le pied des cerfs dont le bramement
de désir fait retentir la montagne. Le froid secoue mes
membres !

22　冬ながら　空より花の　散りくるは
　　雲のあなたは　春にやあるらむ
　　　　　　　　　(『古今和歌集』冬歌の330　清原深養父)

ブリンクマン訳　p.94

Vom Huf der Hirsche, deren klagender Ruf in den Hügeln
wiederhallt, zertreten wird der Ahorn, und des Herbstes

資　料　編　　143

Frost durchdringt meine zitternde Gestalt.　　　　(ebenda.)

フランス語版　p.91

Quand les fleurs de la neige tombent du sombre ciel d'hiver
et tourbillonnent autour de ma tête, je me demande si,
par-delà les nuages, un printemps ne répand pas sa lumière
sur des pays célestes.　　　　　　　　(*Hyakounin-ishiu.*)

　この和歌は、のちにクーシューが5行にフランス語訳して、著書『ア
ジアの賢人と詩人』に所収し、さらに歌曲に作曲されている。

資料１－３　東京帝国大学　傭外国人教師・講師履歴書
　　　　　ルドルフ・ランゲの履歴書（東京大学総合図書館所蔵資料　記号番号2017-63）

同十四年十一月特ニ謁見ノ栄ヲ賜フ

同年十一月三十日満期解約

解約ニ臨ミ在職中ノ功労ヲ賞シ左ノ物品ヲ贈與ス

一　銅製花瓶一對
一　金蒔絵硯箱一個

役ニ誉病家ヲ在横濱山手獨逸病院ニ入リ明治十五年一月十

五月ニ至リ開帆帰國ノ途ニ献ク

明治十八年四月在任中ノ勲功ヲ賞シ勲五等拝受ノ栄ヲ賜フ

東京帝國大學

獨逸国人

ドクトル　ランゲ

Dr. Lange.

明治七年十二月十日ヨリ同九年十二月ニ至ル凡二ヶ年間ノ期限ニテ

招傭

東京醫學校豫科教場獨逸學羅甸學又教学教師

授業時數　一日六時間

月俸日本金貨　二百三十円

旅費本國航費及金貨　六百六十円

明治九年十二月十日ヨリ向フ二ヶ年間ヲ期限トシ月俸日本金貨

二百八十円ニテ傭繼續

同十二年十二月十日ヨリ向フ三ヶ年間ノ期限ニテ月俸日本貿易

銀三百円、授業時數　一日五時間ト定メ傭繼續

二東京帝國大學

資料1－4　ランゲ『古今和歌集』掲載和歌のシラブル表①

ランゲによる『古今和歌集　春ノ部』のドイツ語訳の春ノ部Ⅰ部・巻1、
Ⅱ部・巻2、全134首のシラブル数
A：上の句シラブル数　B：下の句シラブル数　C：合計シラブル数

『古今和歌集』

春ノ部		初句	A	B	C
Ⅰ部	1	としのうちに	16	14	30
	2	そでひじて	16	13	29
	3	はるがすみ	14	14	28
	4	ゆきのうちに	17	14	31
	5	うめがえに	16	14	30
	6	はるたてば	16	13	29
	7	こころざし	16	14	30
	8	はるのひの	15	14	29
	9	かすみたち	15	14	29
	10	はるやとき	14	14	28
	11	はるきぬと	16	15	31
	12	たにかぜに	15	13	28
	13	はなのかを	14	14	28
	14	うぐいすの	16	13	29
	15	はるたてど	15	14	29
	16	のべちかく	16	14	30
	17	かすがのわ（は）	15	13	28
	18	かすがのの	16	14	30
	19	みやまにわ（は）	16	14	30
	20	あずさゆみ	14	13	27
	21	きみがため	14	14	28
	22	かすがのの	14	14	28
	23	はるのきる	16	12	28
	24	ときわなる	15	14	29

148

25	わがせこが	16	14	30
26	あおやぎの	15	14	29
27	あさみどり	16	13	29
28	ももちどり	15	13	28
29	おちこちの	15	14	29
30	はるくれば	16	13	29
31	はるかすみ	14	14	28
32	おりつれば	16	15	31
33	いろよりも	14	15	29
34	やどちかく	14	14	28
35	うめのはな	15	14	29
36	うぐいすの	16	14	30
37	よそにのみ	15	14	29
38	きみならで	16	13	29
39	うめのはな	16	15	31
40	つきよにわ（は）	15	14	29
41	はるのよの	15	14	29
42	ひとわ（は）いざ	14	13	27
43	はるごとに	15	15	30
44	としをへて	14	14	28
45	くるとあくと	15	14	29
46	うめがかを	16	14	30
47	ちるとみて	15	15	30
48	ちりぬとも	15	14	29
49	ことしより	16	14	30
50	やまたかみ	16	14	30
51	やまざくら	16	14	30
52	としふれば	15	14	29
53	よのなかに	16	14	30
54	いわばしる	16	14	30
55	みてのみや	16	13	29

資　料　編　149

		初句	A	B	C
	56	みわたせば	16	14	30
	57	いろもかも	15	14	29
	58	たれしかも	14	13	27
	59	さくらばな	16	13	29
	60	みよしのの	16	14	30
	61	さくらばな	14	14	28
	62	あだなりと	16	13	29
	63	今日来ずわ（は）	15	14	29
	64	ちりぬれば	15	14	29
	65	おりとらば	16	14	30
	66	さくらいろ	15	14	29
	67	わがやどの	16	14	30
	68	みるひとも	16	13	29
		初句	**A**	**B**	**C**
II部	1	はるがすみ	16	14	30
	2	まてというに	16	14	30
	3	のこりなく	16	13	29
	4	このさとに	16	13	29
	5	うつせみの	15	14	29
	6	さくらばな	16	13	29
	7	さくらちる	15	14	29
	8	はなちらす	16	14	30
	9	いざさくら	15	14	29
	10	ひとめみし	14	14	28
	11	はるがすみ	15	14	29
	12	たれこめて	16	14	30
	13	えだよりも	15	14	29
	14	ことなれば	15	13	28
	15	さくらばな	15	14	29
	16	ひさかたの	15	14	29

17	はるかぜわ（は）	15	13	28
18	ゆきとのみ	15	13	28
19	やまたかみ	16	14	30
20	はるさめの	15	14	29
21	さくらばな	16	14	30
22	ふるさとと	15	13	28
23	はなのいろわ（は）	15	14	29
24	はなのきも	15	13	28
25	はるのいろの	14	14	28
26	みわやまを	16	13	29
27	いざ今日わ（は）	15	14	29
28	いつまでか	15	14	29
29	はるごとに	14	13	27
30	はなのごと	15	13	28
31	ふくかぜに	15	14	29
32	まつひとも	16	14	30
33	さくはなわ（は）	16	14	30
34	はるがすみ	14	13	27
35	かすみたつ	15	14	29
36	はなみれば	16	14	30
37	うぐいすの	16	14	30
38	ふくかぜを	16	14	30
39	ちるはなの	16	14	30
40	はなのちる	15	14	29
41	こずたえば	14	14	28
42	しるしなき	16	13	29
43	こまなめて	16	13	29
44	ちるはなを	15	14	29
45	はなのいろわ（は）	16	14	30
46	おしとおもう	16	14	30
47	あずさゆみ	15	14	29

資 料 編　151

48	はるののに	14	15	29
49	やどりして	14	14	28
50	ふくかぜと	17	14	31
51	よそにみて	16	15	31
52	わがやどに	16	14	30
53	いまもかも	15	15	30
54	はるさめに	15	14	29
55	やまぶきわ（は）	14	14	28
56	よしのがわ	16	14	30
57	かわずなく	16	14	30
58	おもうどち	15	14	29
59	あずさゆみ	16	15	31
60	なきとむる	15	13	28
61	はなちれる	16	13	29
62	おしめども	15	13	28
63	こえたえず	15	14	29
64	とどむべき	14	14	28
65	ぬれつつぞ	14	14	28
66	今日のみと	16	13	29

資料1－5　ランゲ『古今和歌集』掲載和歌のシラブル表②

ランゲによる『古今和歌集　春ノ部』のドイツ語訳、全134首中、合計30、31シラブルの主なものを選んだ。作者の前の数字は、歌番号。Aはランゲによるローマ字表記、Bはランゲによるドイツ語訳で、上の句、下の句のシラブル数を示した。

巻一：春上

1　在原元方（Ariwara no Motokata）

としのうちに　　はるはきにけり　　ひととせを
こそとやいはむ　　ことしとやいはむ

A　　Toshi no uchi ni　haru wa kinikeri　hitotose wo
kozo to ya iwamu　kotoshi to ya iwamu.

B　16　Noch ist das Jahr nicht dahin, und schon ist der
Frühling erschienen ;

14　Sollen das nämliche Jahr nennen wir alt oder neu ?

4　二条の后

ゆきのうちに　　はるはきにけり　　うくひすの
こほれるなみた　　いまやとくらむ

A　　Yuki no uchi ni　haru wa ki ni keri　uguisu no
kooreru namida　ima ya tokuramu.

B　17　Siehe, der Lenz ist erschienen, weil Schnee noch die
Erde verhüllet,

14　Taut in der uguis(u) Aug' nun das gefrorene Nass ?

5　読人不知

うめかえに　　きゐるうくいす　　はるかけて
なけともいまた　　ゆきはふりつつ

A　　Ume ga ye ni　ki iru uguisu　haru kakete
nakedo mo imada　yuki wa furitsutsu.

資料編　153

B 16 Lieblich singet die uguis(u) schon auf den Zweigen der Pflaume,

14 Doch in den Frühling hinein fällt unaufhörlich noch Schnee.

7 読人不知

こころさし　　ふかくそめてし　　をりけれは
きえあへぬゆきの　　はなとみゆらむ

A Kokorozashi　　fukaku somete shi　　ori kereba
kiye ayenu yuki　　hana to miuramu.

B 16 Nur der Blumen des Lenzes gedenket mein sehnendes Herze;

14 Blütenschmuck scheint mir der Schnee, welcher die Zweige noch deckt.

11 壬生忠岑（Mibu no Tadamine）

はるきぬと　　ひとはいへとも　　うくひすの
なかぬかきりは　　あらしとそおもふ

A Haru kinu to　　hito wa iedomo　　uguisu no
nakanu kagiri wa　　araji to zo omou.

B 16 Mögen die andern auch sagen, der Lenz sei heuer erschienen.

15 Wenn noch die uguis(u) nicht singt, glaub' ich noch nicht an den Lenz.

16 読人不知

のへちかく　　いへゐしをれは　　うくひすの
なくなるこゑは　　あさなあさなきく

A Nobe chikaku　　iye i shi oreba　　uguisu no

naku naru koye wa   asa na asa na kiku.

B   16   Unfern wohn' ich vom Feld, auf welchem der uguis(u) Gesang tönt;

     14   Steiget die Sonne empor, hör' ich schon lieblichen Ton.

18   読人不知

かすかのの　　とふひののもり　　いててみよ
いまいくかありて　　わかなつみてむ

A   Kasugano no   tobuhi no nomori   idete miyo
ima ikka arite   wakana tsumitemu.

B   16   Wächter des Kasugafelds auf Tobuhi, gehet und sagt mir,

     14   Wann kann ich kommen dahin pflücken mir jugendlich Grün ?

19   読人不知

みやまには　　まつのゆきたに　　きえなくに
みやこはのへの　　わかなつみけり

A   Miyama ni wa   matsu no yuki dani   kiye nakuni
miyako wa nobe no   wakana tsumi keri.

B   16   Tief im Gebirge bedeckt der Schnee noch die Zweige der Kiefern,

     14   Doch bei der Hauptstadt bereits pflücket man jugendlich Grün.

25   紀貫之 (Tsurayuki)

わかせこか　　ころもはるさめ　　ふることに
のへのみとりそ　　いろまさりける

A   Waga seko ga   koromo harusame   furugotoni
nobe no midori zo   iro masari keru.

資　料　編　　155

B 16 Strömet des Lenzes Regen zu öfteren Malen hernieder
14 Färbet sich auf dem Gefild frischer und frischer das Grün.

32 読人不知

をりつれは　　そてこそにほへ　　うめのはな
ありとやここに　　うくひすのなく

A Oritsureba　　sode koso nioe　　ume no hana
ari to ya koko ni　　uguisu no naku.

B 16 Lieblich duften die Aermel, da Blüten der Pflaume ich pflückte;
15 Wähnend, dass Blumen hier blühn, singet die uguis(u) bei mir.

36 東三条の左大臣

うくひすの　　かさにぬふてふ　　うめのはな
をりてかささむ　　おいかくるやと

A Uguisu no　　kasa ni nuu chou　　ume no hana
orite kazasamu　　oikakuru ya to.

B 15 Blüte der Pflaume, du heisst der uguis(u) bergendes Hütchen
14 Dass du mein Alter verbirgst, will ich dich stecken ins Haar.

39 紀貫之 （Tsurayuki）

うめのはな　　にほふはるへは　　くらふやま
やみにこゆれと　　しるくそありける

A Ume no hana　　niou harube wa　　Kurabuyama
yami ni koyuredo　　shiruku zo ari keru.

B 16 Gehst du in dunkeler Nacht auch über den Kurabuyama

14　Sagt es der Duft dir allein, dass hier die Pflaume erblüt.

巻二：春下

1　読人不知

はるかすみ　　たなひくやまの　　さくらはな
うつろはむとや　　いろかはりゆく

A　　Harugasumi　　tanabiku yama no　　sakurabana
　　utsurowamu to ya　　iro kawari yuku.

B　16　Bleichet der Kirschen Blüte, so ändert der Dunst auch
　　die Farbe,

　　14　Der um die Berge im Lenz spiegelnd die Blüten sich
　　legt.

2　読人不知

まてといふに　　ちらてしとまる　　ものならは
なにをさくらに　　おもひまさまし

A　　Mate to iu ni　　chirade shi tomaru　　mono naraba
　　nani wo sakura ni　　omoi masamashi.

B　16　Sprächest zur Blüte du : bleib und falle noch nicht von
　　dem Baume !

　　14　Gäb es wohl schöneres je, thäte sie, was du erflehst ?

33　藤原興風（Fujiwara no Okikaze）

さくはなは　　ちくさなからに　　あたなれと
たれかははるを　　うらみはてたる

A　　Saku hana wa　　chikusa nagara ni　　ada naredo
　　tare ka wa haru mo　　urami hatetaru.

B　16　Tausende blühen der Blumen im Lenz und welken bald
　　wieder,

　　14　Aber wer grollte dem Lenz, der sie uns sandte, darob !

37 読人不知

うくひすの　　なくのへことに　　きてみれは
うつろふはなに　　かせそふきける

A　Uguisu no　　naku nobe goto ni　　kite mireba
utsurou hana ni　　kaze zo fuki keru.

B　16　Ach, auf jeglichem Feld, wo klagend die uguis(u) ihr
Lied singt,

　　14　Wehet der brausende Wind Blüten der Bäume schon
ab.

50 紀貫之 (Tsurayuki)

ふくかせと　　たにのみつとし　　なかりせは
みやまかくれの　　はなをみましや

A　Fuku kaze to　　tani no mizu to shi　　nakariseba
miyamagakure no　　hana wo mimashi ya.

B　17　Wär' nicht der brausende Wind und das rauschende
Wasser des Thales,

　　14　Sähen die Blüten wir nicht, so im Gebirge versteckt.

51 僧正遍昭 (Sojo Henjo)

よそにみて　　かへらむひとに　　ふちのはな
はひまつはれよ　　えたはをるとも

A　Yoso ni mite　　kayeramu hito ni　　fuji no hana
haimatsuware yo　　yeda wa oru tomo.

B　16　Schlinge dich, Fuji, doch fest um die heimwärts
kehrenden Frauen,

　　14　Welche nur flüchtig dich schaun, brechen die Zweige
dir auch.

59　凡河内躬恒（Mitsune）

あつさゆみ　　はるたちしより　　としつきの
いるかことくも　　おもほゆるかな

A　　　Azusayumi　　haru tachishi yori　　toshi tsuki no
iru ga gotoku mo　　omohoyuru kana.

B　16　Schnell wie der Pfeil von der Sehne gesandt, so
scheinen die Tage,

　　14　Monde zu fliehen dahin, seit uns der Frühling erschien.

資料2-1 メートルの時評「日本」
フランス国立極東学院図書館蔵

BULLETIN

DE

l'Ecole Française

D'EXTRÊME-ORIENT

TOME III. — 1903

HANOI
F.-H. SCHNEIDER, IMPRIMEUR-ÉDITEUR
1903

Japon

Basil Hall CHAMBERLAIN. — *Bashô and the Japanese poetical Epigram*. Trans. As. Soc. of Japan, 1902, t. XXX, part. 2, pp. 241-362.

Les Japonais ont toujours eu pour les poèmes très courts un goût si vif et si naturel qu'il a résisté jusqu'à nos jours à toutes les influences étrangères et que le tanka 短歌 de 31 syllabes continue à être la forme poétique consacrée. Cette tendance apparaît déjà dans les poèmes archaïques du *Kojiki* et du *Nihongi*. Un moment, au VIIIᵉ siècle, elle fut tenue en échec par l'influence de la poésie chinoise, et on put croire qu'à côté des tanka allait se développer une forme poétique plus souple et plus large, le naga-uta 長歌, où l'inspiration lyrique pourrait se donner libre carrière. Mais les beaux naga-uta du *Mańyôshû* 萬葉集, auxquels ce recueil doit cependant son éclatante supériorité sur tous les autres, ne trouvèrent pas d'imitateurs. Lorsque parut le *Kokinshû* 古今集 (905), c'est-à-dire à peine un siècle plus tard, le naga-uta était déjà condamné, et dans les vingt autres recueils officiels, compilés successivement par ordre impérial, on ne trouvera plus que des tanka. On comprend que, resserrée dans un cadre aussi étroit, l'inspiration poétique perdit vite toute spontanéité et toute fraîcheur : d'autant plus vite que des règles rigoureuses déterminaient la nature des sujets permis et la langue même

— 724 —

dans laquelle il fallait les traiter. La composition des tanka devint ainsi un jeu d'esprit et un exercice d'ingéniosité, d'où l'originalité était nécessairement exclue. Condamnés à répéter sans cesse, avec les mêmes mots, les mêmes tournures et les mêmes images, ce que d'autres avaient déjà dit, les poètes n'eurent plus d'autre ambition que d'introduire des variations insignifiantes dans les quelques airs de flûte qu'on jouait inlassablement depuis des siècles. La soumission servile aux canons arrêtés par les premiers maîtres, la répétition indéfinie des mêmes modèles, l'enrégimentation des artistes dans des écoles fermées, jalouses de transmettre intacts, de génération en génération, la technique et les principes légués par leurs fondateurs, sont des périls qui ont, à diverses époques, menacé l'existence de tous les arts du Japon. Certains y ont succombé — par exemple, en littérature, le drame lyrique, et dans la plastique, la statuaire — après avoir produit des chefs-d'œuvre. D'autres, comme la peinture, y ont échappé, grâce à des réactions salutaires. C'est aussi dans une réaction de ce genre que la poésie japonaise trouva, sur la fin du xve siècle, un principe de rajeunissement. Le paradoxe est qu'elle ne chercha pas alors l'instrument nouveau dont elle avait besoin dans une forme poétique plus libre et plus extensive que le tanka, mais au contraire dans une forme plus minuscule encore, dans un tanka amputé de sa seconde moitié. Le tanka en effet, s'il se divise formellement en cinq vers de 5 et de 7 syllabes alternativement, avec un vers supplémentaire de 7 syllabes à la fin, peut aussi se diviser, en un sens logique et grammatical, en deux parties, on pourrait dire en deux hémistiches inégaux, dont le premier comprend les trois premiers vers (17 syllabes) et le second les deux derniers (14 syllabes). Prenons comme exemple ce tanka du *Kokinshû* [1], où la comparaison classique des flocons de neige et des fleurs blanches des cerisiers est traitée si joliment :

Fuyu nagara
Sora yori hana no
Chiri-kuru wa —
Kumo no anata wa
Haru ni ya aruran.

« Quand, aux jours d'hiver,
Du haut du ciel, les fleurs
Tombent dispersées, —
C'est qu'au-delà des nuages
Brille sans doute un printemps ! »

La rigueur de la construction française, qui nous oblige, pour être exacts, à lier fortement par un *quand* et un *c'est que* les deux parties de cette phrase, fait disparaître l'indépendance grammaticale presque complète que leur laisse, dans le texte japonais, une construction plus molle et plus lâche, qui procède par juxtaposition et coordination, et non, comme la nôtre, par subordination et par synthèse. On peut donc à la rigueur supprimer le second hémistiche, et le premier subsistera par lui-même : sans doute il aura quelque chose d'inachevé, assez pour que la pensée du lecteur, au gré de sa fantaisie, supplée à ce que le poète ne dit pas, mais pas assez pour qu'on ait l'impression abrupte d'une phrase grammaticalement tronquée. Or la nouvelle école poétique trouva que cet hémistiche unique était suffisant pour ses fins, et elle sut en tirer un parti admirable. A ces poèmes lilliputiens, appelés hokku 發 句, haikai 俳 諧 ou haiku 俳 句, M. Chamberlain a consacré une étude pénétrante et charmante, dont je vais résumer ici les points essentiels.

Le hokku est né de l'un des jeux poétiques auxquels se livraient avec ardeur les beaux-esprits du moyen âge. Ce jeu, qui paraît s'être développé au xie siècle, consistait à proposer comme thème un hémistiche, auquel les concurrents devaient ajouter un second hémistiche de

---

(1) Livre vi, n° 330. Ce tanka est de Kiyowara no Fukayabu 清 原 深 養 父.

— 725 —

leur façon : la palme était décernée à qui avait fait la trouvaille la plus heureuse. Bientôt on en vint à ajouter au vers initial, non plus seulement un second vers, mais toute une série de vers, dont l'enchaînement était fixé, cela va de soi, par des règles d'une minutie absurde et puérile. Un pareil exercice ne pouvait qu'accentuer l'indépendance latente du premier hémistiche du tanka, en même temps qu'il lui donnait une importance toute spéciale par rapport aux autres. Dans ces « vers enchaînés », renga 連 歌, il était l'élément fixe, auquel on ajoutait des appendices variables. On s'en souvenait encore, alors qu'on avait oublié tout le reste. Bientôt on composa des recueils d'« hémistiches initiaux », car tel est le sens du mot « hokku ». Le hokku conquit définitivement son indépendance, le jour où l'on ne songea plus à lui adjoindre formellement un second hémistiche, et où on laissa à la fantaisie du lecteur le soin de compléter à sa guise la pensée du poète. Mais, dans sa fortune nouvelle, il conserva son caractère inachevé d'« hémistiche initial » : et dans ces brèves compositions, comme le dit M. C. (p. 261), il y a toujours un second hémistiche *in posse*, sinon *in esse*. — Toutefois on ne comprendrait guère que le hokku ait pu servir à l'expression d'une poésie renouvelée, si par son origine il ne présentait encore un autre caractère, non moins important. A côté de la poésie sérieuse, gouvernée par des règles strictes et soumise à l'obligation de n'employer que des mots purement japonais, une autre poésie s'était développée de bonne heure, qui s'était affranchie de la plupart de ces règles, et qui surtout était parfaitement libre dans le choix de ses sujets et dans l'emploi des mots. C'est ainsi que plus tard à côté du Nô poussa le Kyôgen. Les compilateurs du *Kokinshû* eux-mêmes avaient admis ces « poèmes comiques » ou haikai « dans un coin de leur anthologie » (p. 259). Lorsque la mode se répandit de composer des vers enchaînés, on se mit aussi à en faire dans le style de ces poèmes comiques : et il se trouva que ce fut grâce à des auteurs de renga comiques, grâce surtout au prêtre Yamazaki Sôkan, que le vers initial du renga arriva à sa parfaite indépendance. C'est pourquoi les courts poèmes de la nouvelle école conservèrent toute la liberté des anciens poèmes comiques. Ils purent traiter tous les sujets, familiers et vulgaires aussi bien que relevés et délicats, et se servir de toutes les ressources du vocabulaire courant, des mots chinois aussi bien que des mots japonais. Chacun des deux noms dont on les appelle, hokku et haikai, dénote aussi l'un de leurs deux caractères essentiels ; et leur troisième nom de haiku est un compromis entre les deux autres.

L'histoire du genre peut se résumer en peu de mots. Celui qui en est regardé communément comme le fondateur est un prêtre bouddhiste, nommé Yamazaki Sôkan 山 崎 宗 鑑, qui vécut de 1465 à 1553. A la fin du XVIᵉ siècle, le haikai trouva son législateur dans la personne de Matsunaga Teitoku 松 永 貞 德 (1571-1653), dont les cinq plus brillants disciples sont appelés « les Cinq Étoiles », *gosei* 五 星. Le XVIIᵉ siècle vit se développer à Edo une nouvelle école, l'école Danrin 談 林, qui eut pour chef Nishiyama Sôin 西 山 宗 因 (1605-1682). Dans toute cette première période, le haikai conserva son caractère original de poème comique et facétieux, et il paraissait même sur le point de se perdre dans les recherches les plus extravagantes, lorsque parut l'homme qui devait lui infuser une vie nouvelle et lui donner une portée inconnue, Bashô 芭 蕉 (1643-1694). La partie la plus attachante de la monographie de M. C. est celle qui est consacrée à la vie et à l'œuvre de cet homme extraordinaire, qui fut une manière de saint. Bashô était samurai de naissance. A l'âge de seize ans, cruellement atteint par la mort du fils de son daimyô, à qui le liait une étroite amitié, il renonça définitivement à la vie du monde, embrassa avec ardeur le bouddhisme, et se résolut à vivre conformément aux préceptes humains et virils de la secte Zen. Dès lors, il passa sa vie à parcourir le Japon dans tous les sens, le bâton du pèlerin à la main, communiant avec la nature, allant s'édifier aux lieux célèbres, prêchant partout la bonne parole et la poésie. Bashô avait ce rôle du poète, mais en toute simplicité d'âme, à peu près la même idée que Victor Hugo. Dans le cadre si étroit des dix-sept syllabes du haikai, il voulait faire tenir toute la pensée du bouddhisme, et le caractère du haikai lui apparaissait comme essentiellement éthique et religieux. Si profonde était sa conviction qu'il identifiait sincèrement la vie poétique avec la vie morale ; et lorsqu'un de ses disciples commettait une faute de conduite, il le

B. E. F. E.-O.   T. III. 46

— 726 —

blâmait en lui disant : « Ceci n'est pas de la poésie ». Ce poète eut une mort de poète. Frappé par une maladie qui n'altéra point son humeur sereine, il s'éteignit doucement, après avoir pris un bain, au milieu de ses disciples, leur recommandant le pardon des injures et invoquant la miséricorde de la déesse Kwannon. Il fut enterré sur les bords du lac Biwa, qu'il avait tant aimés, par une magnifique journée de la fin de l'automne, à l'époque où les feuilles rougies des érables font à ce lac une couronne merveilleuse. Bashô eut d'innombrables disciples ; les dix plus fameux furent surnommés « les Dix Génies », jittetsu 十 哲, mais on a retenu surtout les noms de Kikaku 其 角 et de Ransetsu 嵐 雪. Ce fut la plus belle époque du haikai. Il déclina ensuite peu à peu : cependant, dans la seconde moitié du XVIIIᵉ siècle, il eut encore une brillante renaissance, qu'illustrèrent le samurai Yokoi Yayû 横 井 也 有, la poétesse Chiyo 千 代, le peintre Buson 蕪 村, etc. Depuis, il s'est à son tour desséché et fossilisé, comme toutes les autres formes de la poésie, et il n'y a pas d'apparence qu'il revienne à la vie. L'évolution du genre peut être considérée comme terminée.

M. C. a ajouté à son étude le texte et la traduction d'un certain nombre de ces haikai. De ce florilège je m'en voudrais de ne pas détacher pour les lecteurs de ce *Bulletin* quelques fleurs particulièrement aimables. Voici d'abord trois haikai de Bashô, qui représentent assez bien les différents aspects de son talent :

Kare-eda ni
Karasu no tomari-keri (¹),
Aki no kure.

« Sur une branche nue
Des corbeaux perchés :
Fin de l'automne ! »

Oki-yo ! oki-yo !
Waga tomo ni sen,
Nuru ko chô !

« Réveille-toi ! Réveille-toi !
Je ferai de toi mon compagnon,
Petit papillon qui dors ! »

Natsu-gusa ya !
Tsuwa-mono-domo no
Yume no ato !

« Les herbes de l'été,
Voilà ce qui reste du rêve
De tous ces guerriers. »

Ce dernier haikai fut écrit sur l'un des champs de bataille fameux du Japon. Dans les suivants, dont le premier fut composé par Yokoi au moment de mourir, c'est la même inspiration bouddhique qui domine :

Mijika-yo ya !
Ware ni wa nagaki
Yume samenu.

« La vie est courte, dit-on.
Il me semble que c'est un long
Rêve que j'ai rêvé. »

(¹) Le vers a deux syllabes de trop ; mais Bashô et les auteurs de haikai prenaient volontiers des libertés avec la prosodie.

資 料 編 163

— 727 —

Meigetsu ya!
Umare-kawaraba
Mine no matsu. (Ryôta, 1719-1787.)

« Ô lune brillante !
Je voudrais renaître
Pin sur une cime (¹). »

Mais jamais peut-être l'idée bouddhique n'a été exprimée avec plus de charme que dans ce haikai d'Onitsura 鬼貫 (1661-1738) :

Saku kara ni
Miru kara ni hana no
Chiru kara ni...

« Elles s'épanouissent ; — alors
On les regarde ; — alors les fleurs
Se flétrissent ; — alors..... »

Voici maintenant la toute simple élégie que la poétesse Chiyo composa sur la mort de son jeune enfant :

Tombo-tori,
Kyô wa dokora e
Itta yara ?

« Le chasseur de libellules,
Aujourd'hui vers où
S'en est-il allé ? »

L'expression du sentiment de l'amour n'est pas absente des haikai ; on en pourra juger par ces vers de Buson :

Machi-bito no
Ashi-oto tôki
Ochi-ba kana !

« Celui que j'attends,
Comme ses pas sonnent lointains
Sur les feuilles tombées ! »

Mais, avec les haikai d'inspiration bouddhique, les plus nombreux sont les haikai simplement descriptifs. De Bashô j'en ai déjà cité un qui appartient à cette catégorie ; en voici quelques autres :

Naga-naga to
Kawa hito-suji ya
Yuki no hara (²).

« Longue, longue,
La ligne solitaire d'une rivière
Parmi la plaine de neige. »

_____

(¹) Pour te comptempler.
(²) M. C. ne dit pas l'auteur de ce haikai ; mais je le crois de Bashô.

— 728 —

> *Gwanjitsu ya*
> *Harete suzume no*
> *Mono-gatari.* (Ransetsu.)

« Le Jour de l'An,
Et dans le ciel clair, les moineaux
Qui babillent. »

> *Isogashi ya !*
> *Oki no shigure no*
> *Mi-ho kata-ho.* (Kyorai, 1651-1704.)

« Quel remue-ménage !
Au large, sous la brusque averse,
Des voiles de face, des voiles de biais. »

> *Ame no tsuki,*
> *Doko to mo nashi ni*
> *Usu-akari.* (Etsujin.)

« La lune sous la pluie,
Et partout, partout diffuse,
Une pâle lumière. »

> *Haru-same ya !*
> *Mono-gatari-yuku*
> *Mino to kasa.* (Buson.)

« Sous l'ondée printanière,
Cheminent en bavardant
Un manteau et un parapluie (1). »

Ces citations suffiront à donner une idée du caractère de ces brèves et fragiles compositions, dont les anthologies spéciales ont réuni des milliers. Peut-être après les avoir lues comprendra-t-on mieux pourquoi ce genre de poèmes, qui paraît offrir à l'inspiration poétique un cadre si étroit, a pu obtenir au Japon tant de succès et fournir une aussi longue carrière. La rapide disparition du naga-uta, la fortune extraordinaire du tanka, et ensuite celle du haikai, accusent une tendance constante de la poésie japonaise à des formes d'expression de plus en plus simples, qui a, au premier abord, quelque chose de déconcertant. Mais faut-il se borner à constater cette tendance et renoncer à chercher si elle ne recouvre pas quelque chose de plus profond ? Il y aurait quelque injustice à l'expliquer uniquement par une impuissance foncière à développer avec ampleur une idée poétique : certains passages des Nô du moyen âge prouvent assez que les Japonais ont été capables à l'occasion de grandes envolées lyriques. Mais s'il n'y a pas là une simple impuissance, c'est donc qu'il y a une préférence spontanée, ou, pour mieux dire, une conception particulière, naturelle à la race, du caractère de la poésie et de l'art. On s'en rendra mieux compte si de l'évolution de la poésie du Japon on rapproche l'évolution de sa peinture. Née tout entière de l'imitation de modèles étrangers, la peinture a subi beaucoup plus fortement que la poésie l'influence chinoise, et aux diverses époques de son développement, s'est toujours inspirée des exemples d'outre-mer. On peut même dire que, dans certaines de ses parties, elle ne s'est jamais affranchie de cette influence ; ce fut le cas pour la peinture bouddhique : du VIIIe au XIVe siècle, les maîtres japonais produisirent sans doute des chefs-d'œuvre,

---

(1) Cette traduction n'est qu'un à peu près. Le kasa n'est pas un parapluie, mais le grand chapeau en paille tressée, qui en fait l'office ; et le mino est le manteau grossier fait de pailles attachées, que portent encore les paysans.

資 料 編　165

— 729 —

mais ils ne changèrent rien, ou du moins rien d'essentiel, à l'iconographie et à la technique qu'ils avaient reçues des artistes des dynasties T'ang et Song ; l'école japonaise ne fut que le prolongement, sur un sol étranger, de l'école chinoise. Il n'en fut pas ainsi de la peinture de paysage. Elle fut, elle aussi, chinoise par ses origines, et l'école purement chinoise du paysage, qu'illustrèrent Jôsetsu, Sesshû et Shûbun, et à laquelle Sesson et Kanô Motonobu lui-même se rattachent partiellement, eut au Japon une longue et brillante destinée. Mais une école fort différente et vraiment japonaise se développa de bonne heure à côté de celle-là, vers l'époque même, remarquons-le, où le haikaï triomphait en poésie. De ce genre purement national, le célèbre esthète Sôami, législateur des cérémonies de thé, dessinateur de jardins et peintre, fut le maître accompli. Or, si l'on compare le terme initial et le terme final de cette évolution du paysage, on verra qu'elle a consisté avant tout dans la substitution au dessin savant, précis, minutieux, souvent puissant, mais parfois aussi un peu sec, des maîtres chinois, d'une technique beaucoup plus libre et beaucoup plus simple, qui aime à laisser sur la soie ou le papier de grands vides, qui procède par brèves et concises indications, qui esquisse plus qu'elle n'achève et qui suggère plus qu'elle ne décrit. Ainsi nous retrouvons dans la peinture du Japon, une fois parvenue à sa complète indépendance, précisément les mêmes caractères que dans les formes les plus spécifiques de sa poésie. Un paysage de Théodore Rousseau ou un poème de Leconte de Lisle s'impose à nous, avec tous ses détails, comme une œuvre achevée et complète ; le plaisir qu'il nous procure est un plaisir de contemplation purement passive ; notre imagination se représente les images évoquées par l'artiste et notre sensibilité passe par les émotions qu'il éveille, justement de la manière et dans l'ordre qu'il a voulu. Mais au Japon, où tout le monde est un peu poète et un peu peintre, le peintre et le poète ne cherchent pas à communiquer des émotions parfaitement définies encadrées dans un système clos d'images arrêtées et précises ; ils voient dans le spectateur ou le lecteur une sorte de collaborateur, un peintre ou un poète en puissance, dans l'esprit duquel il suffit d'éveiller une émotion ou d'évoquer une image pour qu'elle mette aussitôt en branle, par le jeu des associations familières, tout un cortège d'autres images et d'autres émotions qui complèteront le paysage ou le poème ébauché. Et c'est pourquoi, notons-le en passant, l'art japonais s'est toujours montré si peu curieux de la nouveauté, de l'étrangeté et de l'imprévu, et s'est tant complu dans la répétition indéfinie des mêmes types et des mêmes thèmes. Assurément, ce procédé d'évocation n'est pas inconnu de notre art et de notre poésie, surtout sous leurs formes les plus récentes : mais il est le procédé naturel, et presque exclusif, de l'art japonais. Jugée de ce point de vue, la brièveté des tanka et des haikaï ne nous paraît plus poète et plus aussi énigmatique ; elle tient à la même cause que, dans la peinture, la simplification du dessin et le goût de l'esquisse ; elle est appelée en quelque sorte par la conception particulière que les Japonais se sont faite de l'art, où ils ont vu moins un moyen d'*expression* qu'un moyen de *suggestion*.

CL. E. MAITRE.

資料2-2 クーシューらによる『水の流れのままに Au fil de l'eau』(1905)
(パトリック・ブランシェ氏所蔵本の写真版)

Au fil de l'eau

Juillet 1901.

Le convoi glisse déjà.
Adieu Notre-Dame !...
Oh !... la gare de Lyon !

Nu comme un dieu,
Au galop dans la prairie.
Il fait la réaction.

Dans la dahabieh
Les faiseurs de haïkaï
Éventent leurs jambes nues.

La nuit est-elle finie ?
Je soulève la bâche.
Éblouissement.

Ville endormie.
Un garde de prison passe.
Un volet s'ouvre.

Maison.

Une prison. Des abattoirs.
Une patrouille au fond de la rue.
Oh ! vite vivre...

Entre les plats
Il lave son assiette :
Marioler amateur !

Sur le rebord du bateau
Je me hasarde à quatre pattes.
Que me veut cette libellule ?

Les joncs même tombent de sommeil.
Je rôtis délicieusement
Midi.

Dans la première écluse
La flûte pénètre
Nuptialement.

St-Mammès.

Dans le soir brûlant
Nous cherchons une auberge.
O ces capucines !

Chéri, chéri,
Ah ! tu me fais mourir !
Douche dans le verger.

Au bords du vieux puits
Dès qu'elle a posé,
Elle me tend la rose.

La costumière de l'Opéra
Tient maintenant enseigne pimpante
A l'entrée du village.

Emilienne ! Emilienne !
Sans répondre, elle papillonne dans la nuit,
Feu follet de notre désir.

Entre deux amis,
Sous la tonnelle fleurie,
Je me suis guéri de l'amour.

Le bateau coule,
L'heure fuit
Insensiblement...

Les bateliers roupillent dans l'herbe.
Les deux chevaux s'en vont devisant.
« Service accéléré. »

Sur le chemin de halage
En bonnets de feus
Deux bourricots.

Le vieux canal
Sous l'ombre monotone
S'est vert-de-grisé.

Dans un monde de rêve,
Sur un bateau de passage,
Rencontre d'un instant.

Sautez mignonne, Cécilia !
Ce vieux marc est exquis.
Dîner d'adieu.

La lune montre l'oreille.
Les arbres semblent souffrir.
« Avez vous vu trois filles ? »

Polka dans la nuit.
Dans la zône de lumière jaune,
Silhouettes claires, silhouettes sombres.

La péniche vernissée
Ne se compromet pas
Avec les miséreux mentluçons.

Cette vieille laveuse
Est la dogaresse
De la Venise du Gâtinais.

Montargis. ⊾

Sur sa mule pomponnée
Que vient faire à Montargis
Ce nain de Vélasquez ?

Réfectoire de couvent.
Les sœurs vont venir.
C'est quarante sous l'entrevue.

資 料 編　173

Un cyclone cette nuit !
Non, c'est dans l'écluse
Le torrent qui nous soulève.

Quand on a enlevé la croûte noire,
Il reste une feuille de cigarette
Fromage de Melun.

Avec sa petite faucille
Comment pourra-t-elle
Faucher tout le champ ?

Les ombres des gladiateurs
Viennent sans doute lutter la nuit.
Forêt penchée sur les ruines.
                              Arènes de Chenevières.

Le bain rond
Est pour la nymphe du bosquet.
Le bain carré pour les fauves.
                              Thermes de Chenevières.

Le chevet sur le canal,
L'église de Montbouy
Sommeille depuis huit siècles.

L'azur triomphal
Transperce même
Le hêtre noir.

Moissonneurs dans les blés.
A l'ombre d'une gerbe,
Une grande soupière.

Les ombres s'allongent.
Les champs de seigles mûrs
Se mettent à flamber.

Dans le soir violet
Arrivée délicieuse.
Il faut coltiner des sacres.

La nuit nous enveloppe.
Les grillons se mettent à chanter.
Souper sous la vigne.

Vous qui passez dans l'ombre
Le long des peupliers
Etes-vous des amants ?

L'Armée du Salut
Promène sur les canaux de France
Une salle de prêche.

Au-dessus des feuillages
S'élève gravement
Le donjon de Coligny.

O sept écluses dans les pins !
De quel tombeau surhumain
Etes-vous l'escalier ?

Rosny.

Couleur.
Je trouve à ce nom
Une saveur patoise.

Dans l'antique église
Sous les chapiteaux obscènes
Un sacré-cœur de sucre.

Horizon solennel.
Le fleuve magnifique
Agonise dans les sables.

Beaugency-sur-Loire.

Les chirurgiens
Examinent l'intestin
De la bicyclette.

TINCTURA IODI
PEDONCULI CERASORUM
Le pharmacien s'est endormi.

Cosne.

Le pasteur
A pris pour petite bonne
Une jolie catholique.

L'orage se prépare.
Toutes les feuilles du tremble
Battent de l'aile.

Il est tout fier, le petit chat,
D'avoir fait peur
Au vieux coq.

D'une main elle bat le linge
Et de l'autre rajuste
Ses cheveux sur son front.

La vache repue
Ne voit que le pied
Du saule argenté.

On dit
Que la demoiselle du château
A une oreille de porc.

A la lisière de la forêt
Les grands sapins
Présentent les armes.

Au pied du donjon,
En demis couronne,
Des toits gris et bruns.

Sancerre

Dans l'immense corbeille verte
De petits villages marrons,
Deux ou trois.

Sur cette terrasse
Venir au crépuscule
Parler d'amour...

Le fleuve mal endormi
Fait vivre dans la terreur
Le village pelotonné.

St-Satur.

Dans la nuit silencieuse
Le fleuve épuisé et la vieille tour
Se rappellent leur vaillance.

Vieux combattants,
Les arbres sont toujours à leur poste
Devant le fleuve fatigué.

Dans la ville haute,
Une belle matineuse
Se coiffait à sa fenêtre.

Des assiettes peintes
Dans l'âtre des poulets rôtissent
Ah ! la bonne auberge !

St-Bouize.

Une simple fleur de papier
Dans un vase.
Église rustique.

Deux chênes géants
Gardent l'entrée
Du domaine.

Les fermes semblent des forteresses.
Les vaches ne vont que par douze.
Berry féodal.

Lorsqu'elle s'est dressée,
La paysanne aux grands yeux,
J'ai cru voir Artémis.

En route pour la foire.
Derrière chaque carriole
Une botte de foin.

Elle hale le bateau.
Quand l'épaule est meurtrie,
Elle tire avec le ventre.

Au débouché du pont...
Nom de Dieu ! c'est aussi beau
Que toute l'Espagne !

Le Charité.

A l'ombre de la Mosquée
Voici justement
Le patio des Orangers.

Au-dessus du fleuve nocturne
La ville se silhouette.
Symphonie en bleu.

Tiré à 30 exemplaires

N°

資料2−3　リルケのジョーク宛て書簡
Rilke en valais より
（Schweizerisches Rilke-Archiv, Archives littéraires suisses (ALS), Berne）

LETTRE A MADEMOISELLE SOPHY GIAUQUE

Si une rencontre avec R. M. Rilke n'était pas tout simplement un de ces événements lumineux qui sont écrits dans le ciel des destinées, celle-ci fut, c'est certain, due à l'état de grâce du poète qui, devant les *Images* de Sophy Giauque, exposées pour lors à Berne, et dont quelques-unes partirent ensuite pour Muzot, sut s'attacher à un art qui lui était proche, comme il le reconnaît dans la lettre suivante, écrite directement en français et que notre collaboratrice veut bien, avec le poème inédit qui la suit, confier à *Suisse Romande*.

Château de Muzot s/ Sierre (Valais).
ce 26 novembre 1925.

Chère Mademoiselle,

Qui me l'aurait dit à Berne qu'un jour je me trouverai à même de faire, chez moi et pour moi tout seul, dans ma vieille tour, une exposition de ces petites Œuvres; non, ce n'est point une exposition qu'elles forment autour de moi —, elles sont ici en visite et je continue avec mes préférées ce tendre dialogue, commencé à Berne et qui ne fut jamais, il me semble, tout à fait interrompu depuis. L'absence de ce très regretté « Poisson Rouge » fait que je me suis attaché davantage d'autres, à la « Guitare », à ce délicieux « Etang bleu » et surtout à cet autre Pavillon (Novembre!); c'est celui-ci, avec son frère, le « Pavillon » (printanier, peut-être?) que je ne laisserai plus repartir quand le petit groupe d'images tout intérieures ira vous rejoindre. Quelle douce, quelle ineffable présence

RILKE A VALMONT
(Photo L. Neusser-Iweichardt.)

que celle de cette imagerie concentrée: comme si, par une magie inattendue, on pouvait ouvrir le bouton d'une fleur ou même quelque grain d'une rare et antique semence pour y trouver, plié encore et avant toute conscience, l'avenir heureux de sa future floraison. Je vous ai dit, je crois, dans ma première lettre, qu'on peut lire dans ces pages pensivement illuminées comme dans la paume d'une main, je reviens encore, un peu malgré moi, vers une comparaison qui elle aussi suggère à ces petites choses magiques un contenu virtuellement promis. Il s'accomplit en elles un acte transformatif, les éléments d'un passé rêvé prennent une signification d'un avenir, rêvé aussi, mais sur un plan de plénitude où l'âme règne en souveraine et où la pauvre, la palpable réalisation ne joue plus aucun rôle. Le « Pavillon », « Novembre », « La Guitare » et l'« Etang bleu »: autant d'images complètes, chacune une pensée des yeux, préparée par d'innombrables circonstances antérieures et désormais apaisée, rentrée chez elle, broutant (dirais-je) sur la douceur de son pré une inépuisable pâture...

Il y aurait cent manières, certes, de se rapprocher de ce « quelque chose de plus » en dehors « de l'harmonie heureuse de lignes et de couleurs » que vous sentez vous-même et qui semble le secret de cette production personnelle. De tels secrets ne sont pas là pour être exprimés et expliqués, ils sont secrets de la façon la plus franche, comme on est chien et pomme; cela s'exerce, cela reste indiscutable. Mais il est permis de tourner autour de ce chien et quant à la pomme, les plus hardis et les distraits vont jusqu'à la manger. Ce secret sur ma langue me confie son goût très particulier: ce qui confère à vos petites images cette force de contenter et de remplir une lente attention, n'est-ce point votre puissance d'avoir pu placer ces détails dans un espace tout intérieur et imaginaire sans faire aucun emprunt auprès de l'espace réel qu'imitent toutes

資料編　183

les peintures (et d'ailleurs aussi tous les poèmes) incapables à se créer cet espace transposé, profond et intrinsèque... C'est là une des grandes questions de l'Art, de tous les arts (combien, par exemple, ça fait souffrir de voir parfois intercalé entre les tons d'une œuvre musicale un morceau de silence véritable, de silence profane, un vide trop « vrai », comme le vide d'un tiroir ou d'un porte-monnaie... Et dans la poésie: combien d'espace réel partout, entre les mots, entre les strophes, tout autour d'un poème; cette réussite rare et exquise qui consiste à placer une chose imaginaire dans un espace approprié, c'est-à-dire tout aussi intérieur, telle que vous la réalisez, me fait penser aux Haï-Kaï, ces minuscules unités poétiques, cultivées par les Japonais depuis le 16ᵐᵉ siècle. Jugez vous-même de cet art qu'on a appelé « un bref étonnement » fait cependant pour arrêter longtemps celui qui le rencontre.

Voici quelques-unes de ces légers poèmes:

> N'était la voix
> Le héron ne serait
> Qu'une ligne de neige.
> *(Sokan, 1455-1554).*

> Le hibou
> Est insensible à tout :
> Il a sa figure de jour.
> *(Kaikyu).*

> Il a l'air tout fier
> D'avoir vu le fond de l'eau
> Le petit canard.
> *(Jôsô, 1663-1704).*

> Herbes mortes,
> Le renard, facteur rural,
> Est passé.
> *(Buson, 1716-1783.)*

> Un pétale tombé
> Remonte à sa branche :
> Ah, c'est un papillon !
> *(Arakida Moritake, 1472-1549).*

> Un temple de montagne.
> La cloche, au point du jour
> Disperse les corbeaux !
> *(Yokoï Yayû, 1702-1783.)*

> De ma douche
> Où jeter l'eau bouillante ?
> Partout des cris d'insectes.
> *(Kikwan.)*

> Seule, dans la chambre
> Où il n'y a plus personne,
> Une pivoine.
> *(Buson.)*

> Et morte,
> On la revoit vivante,
> La pivoine.
> *(Buson.)*

> Le froid du soir
> Est senti avant moi
> Par la corolle du lys.
> *(Isshû.)*

> Au moindre vent
> Les feuilles tremblent:
> Jeune bambou.
> *(Ecole de Senryu.)*

> Pas une lumière.
> Mais je vois un homme là-bas,
> Aux reflets des pruniers fleuris.
> *(Buson.)*

> Mon voleur
> S'est fait mon élève ;
> Voyage d'automne.
> *(Buson.)*

> Du héros Kaneshira
> Voici la tombe :
> Un carré de riz !
> *(Kikwan.)*

> Appel au passeur.
> Par-dessus les herbes
> Un éventail qui s'agite.
> *(Buson.)*

> Au fond de la marmite
> Où cuisent les patates,
> Le reflet de la lune.
> *(Kyoroku.)*

> Le cavalier
> Laisse son cheval mordre l'herbe :
> Il regarde la lune.
> *(Kyorai.)*

> Il y a des villages qui n'ont
> Jamais de dorades, jamais de fleurs.
> Cette nuit ils ont la lune !
> *(Saïkaku, 1641-1693.)*

> Un cimetière.
> Et les lucioles de l'automne,
> Deux ou trois.
> *(Ecole de Kikaku.)*

> Pluie d'automne.
> Une souris trotte
> Sur le Koto (harpe couchée).
> *(Buson.)*

> «C'est l'été qui m'a fait maigrir ! »
> Mais en disant cela
> Elle éclate en sanglots.
> *(Kikin.)*

> Comédiens ambulants.
> Au pied des grands blés.
> Un miroir installé.
> *(Buson.)*

> Tous mes amis,
> Loin de moi, oh ! loin de moi !
> Je regarde les fleurs.
> *(Kyorai.)*

> Matin de glace.
> J'empoigne une lame de sabre :
> La corde du puits.
> *(Vers 1750?)*

Et ces deux-là, de l'exquise poétesse Chiyo (1703-1775):

> Par un liseron
> La corde du puits est arrêtée :
> Donnez-moi de l'eau !

Que je veille
ou que je dorme, — comme la moustiquaire
Me paraît grande !
(Ce dernier à la mort de son mari.)

J'arrive fatigué
A la recherche d'une auberge :
Ah ! ces fleurs de glycines !
(Bashô 1644-1694.)

Et celui-ci, comme une nouvelle de E. A. Poe en trois lignes :
Epouvantement...
J'ai marché, dans la chambre,
Sur le peigne de ma femme morte.
(Buson.)

Et cet autre, délicieux et tout ouvert vers l'infini :
Elles s'épanouissent, — alors
on les regarde, — alors les fleurs
Se flétrissent, — alors...
(Onitsura, élève du grand Basho.)

Et pour terminer, un dernier, moderne celui-là, de la plume de Jules Renard :
Le Papillon : Ce billet doux
Plié en deux
Cherche une adresse de fleurs.

Voici, Mademoiselle, un petit choix à votre usage que j'ai fait en présence de vos petites Œuvres qui me regardaient faire... ; n'est-ce pas, qu'il y ait une ressemblance d'attitude ? L'art de faire cette pilule où entrent des éléments disparates réunis par l'événement, par l'émotion qu'il provoque, mais à la condition que cette émotion soit tout à fait résorbée par le simple bonheur des images. Le visible est pris d'une main sûre, il est cueilli comme un fruit mûr, mais il ne pèse point, car à peine posé, il se voit forcé de signifier l'invisible. C'est pourquoi vos images à figures plus grandies n'égalent pas les autres. Là les personnages restent un peu attachés à la sphère du visible, l'unité qui s'établit entre eux et les objets de leur entourage est moins parfaite, il y a comme un reste, un précipité de réalité. Mais voilà les images que j'ai nommées là-haut, quel accord, quelle pénétration, quelle équation de tous les moyens employés : quel chant !

Comme toutes les choses sont en migration ! Comme elles se réfugient en nous —, comme elles désirent, toutes, d'être soulagées du dehors et de revivre dans cet au-delà que nous enfermons en nous-mêmes pour l'approfondir ! Deux couvents de choses vécues, des choses rêvées, des choses impossibles, tout ce qui craint le siècle se sauve en nous, et y fait, sur genoux, son devoir d'éternité. Petits Cimetières que nous sommes, ornés de ces fleurs de nos gestes futiles, contenant tant de corps défunts qui nous demandent de témoigner de leurs âmes. Tout hérissés de croix, tout couverts d'inscriptions, tout bêchés et remués par les innombrables enterrements de ce qui nous arrive, nous voilà chargés de la transmutation, de la résurrection, de la transfiguration de toutes choses. Car comment supporter, comment sauver le visible, si ce n'est en en faisant le langage de l'absence, de l'invisible ? Et comment parler cette langue qui reste muette, à moins qu'on la chante éperdument, sans aucune velléité de se faire comprendre.

Voici, Mademoiselle, mon Merci pour le vôtre. Venez une fois voir nos deux « Pavillons » dans ma tour et celui qui vient d'entrer dans cette possession contemplative.

RAINER MARIA RILKE.

C'EST NOTRE EXTRÊME LABEUR...

A Mademoiselle Sophy Giauque

C'est notre extrême labeur :
de trouver une écriture
qui résiste aux pleurs
et qui devant nous re-figure,
précis dans leur clarté pure,
les beaux adieux navigateurs.

(Muzot) 1926.

RAINER MARIA RILKE.

資料編　185

資料２－４　リルケの直筆の遺言状

（Schweizerisches Rilke-Archiv, Archives littéraires suisses (ALS), Berne）

trage dieser dann: das Wappen
(: in der, von meinen Urgroßvater geführten
älteren Form, die ich kürzlich aus Paris mit-
gebracht (sie dann Nachschaft wiederhol),
den Namen
und, in einigem Abstand, die Anfangszeilen:
Rose, oh reiner Widerspruch, Lust,
Niemandes Schlaf zu sein unter soviel
Lidern.

5. Ich falle, unter den Möbeln und Gegenständen auf Muzot,
nichts für mein eigentliches persönliches Eigenthum; es sei denn,
was an Familien-Bildern da ist: es mögen meiner Tochter
Frau Ruth Sieber, Vorwerk Alt-Jocketa bei Jocketa (in Sachsen),
zukommen. Über alles Übrige soll, soweit es nicht von vornherein
zum Hause gehört, Frau Nanny Wunderly-Volkart in der un-
teren Mühle zu Meilen, im Einklang mit ihrem Vetter, Herrn
Werner Reinhart, Rychenberg-Winterthur, dem mir freundschaft-
lich-großmüthigen Eigenthümer von Muzot, zu verfügen.

6. Da ich, von gewissen Jahren ab, einen Theil der Sorgfältigkeit mei-
ner Natur gelegentlich in Briefe zu leiten pflege, statt der Ver-
öffentlichung meiner, in Händen der Adressaten, erhaltenen, darzugeordne-
ten (falls der Insel-Verlag dergleichen vorschlagen sollte) nichts im
Wege.

7. Von meinen Bildern halte ich kein anderes für ernstlich gültig,
als die bei einzelnen Freunden, in Gesicht und Gedächtnis, noch bestehenden,
vergänglichen.

Château de Muzot,   Rainer Maria Rilke
am Abend des 27. Oktober 1925.

資料3－1　ミロエヴィッチ「大和」（*Japan*）

　　　　　山崎佳代子（ベオグラード大学教授）により、ミロエヴ
　　　　　ィッチの孫、作曲家ヴラスティミル・トライコヴィッチ
　　　　　（Vlastimir Trajković）の許可をえて、転載。

MILOJE MILOJEVIĆ

PRED VELIČANSTVOM PRIRODE

DESET PESAMA

ZA JEDAN GLAS I KLAVIR

DRUGO IZDANJE
TEKST SRPSKI I FRANCUSKI

BEOGRAD
IZDAVAČKA KNJIŽARNICA GEZE KONA
1. KNEZ MIHAILOVA ULICA 1
1933

資料３－２　ストラヴィンスキー「三つの日本の抒情詩」
（*Two Poems and Three Japanese Lyrics*）
（４か国語訳の表紙と歌詞。1955年に出版）

Igor Strawinsky

Two Poems
and
Three Japanese Lyrics

for High Voice
and Chamber Orchestra

Full Score

Boosey & Hawkes
London · Paris · Bonn · Capetown · Sydney · Toronto · Buenos Aires · New York

Three Japanese Lyrics

I

AKAHITO

Русскій текстъ А. Брандта.   Texte français de Maurice Delage   English Text by Robert Burness   Deutscher Text von Ernst Roth

Я бѣлые цвѣты въ саду тебѣ хотѣла показать. Но снѣгъ пошелъ. Не разобрать, гдѣ снѣгъ и гдѣ цвѣты!

Descendons au jardin je voulais te montrer les fleurs blanches. La neige tombe . . . Tout est-il fleurs ici, ou neige blanche?

I have flowers of white. Come and see where they grow in my garden. But falls the snow: I know not my flowers from flakes of snow.

Meine weissen Blumen wollt' ich dir im Garten drunten zeigen. Doch der Schnee kam. Weiss sind sie nun alle, Blumen, Flocken!

II

MAZATSUMI

Весна пришла. Изъ трещинъ ледяной коры запрыгали, играя, въ рѣчкѣ пѣнныя струи: онъ хотятъ быть первымъ бѣлымъ цвѣткомъ радостной весны.

Avril parait. Brisant la glace de leur écorce, bondissent joyeux dans le ruisselet des flots écumeux: Ils veulent être les premières fleurs blanches du joyeux Printemps.

The Spring has come! Through those chinks of prisoning ice the white floes drift, foamy flakes that sport and play in the stream. How glad they pass, first flowers that tidings bear that Spring is coming.

Kommt der Frühling, ja, dann bricht vom starren Eise eine Scholle, spielend treibt sie auf den wilden Wassern, eine erste Frühlingsblüte, weiss und schön, zu grüssen den Lenz.

III

TSARAIUKI

Что это бѣлое вдали! Повсюду, словно облака между холмами. То вишни расцвѣли; пришла желанная весна.

Qu'aperçoit-on si blanc au loin? On dirait partout des nuages entre les collines: les cerisiers épanouis fêtent enfin l'arrivée du Printemps.

What shimmers so white faraway? Thou would'st say 'twas nought but cloudlet in the midst of hills. Full blown are the cherries! Thou art come, beloved Spring time.

Siehst du fern den weissen Schimmer? Überall wie helle Wolken leuchtet's rings im Land. Nein, die Kirschen blühen; sei gesegnet, junger Frühling.

B. & H. 17701

資 料 編   193

資料3-3 ドラージュ「七つのハイカイ」(SEPT HAÏ-KAÏS)

(第1曲「古今集の序」Préface du Kokinshiou)
Reproduit avec l'aimable autorisation de l'auteur
© 1924-Editions Jobert

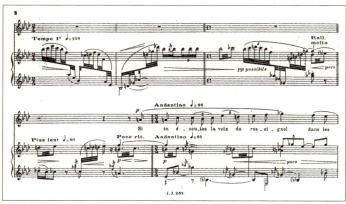

資料3－4　コンサート「俳句と和歌によるフランス、日本歌曲の夕べ」のチラシ
（2001年　パリ日本文化会館にて開催）

あとがき

　今回、日本古典詩歌の魅力を翻訳、紹介したヨーロッパの先駆者たち、また日欧の人々の「はかりしれないめぐみが折々加わって、一つの果実」（南原実先生の手紙の言葉）となって実りました。

　本書は、ポール＝ルイ・クーシューの評伝、前著『俳句のジャポニスム』（角川学芸出版　2010）に文献資料を添付して、国際日本文化研究センターに提出した博士論文「ポール＝ルイ・クーシューと日本─その生涯とフランスにおける俳句受容」が基本になっています。博士論文の審査には、芳賀徹先生、藤原克己先生、稲賀繁美先生、早川聞多先生、鈴木貞美先生、比較文学、和歌文学、美術をご専門とされる諸先生が当たってくださいました。

　芳賀先生からは、大部のご高著『藝術の国日本　画文交響』（角川学芸出版　2010）を「『博士』取得のお祝い」にとの献辞を付して恵贈いただき、研究への大きな励ましを頂戴しました。

　和歌のジャポニスムの解明の契機となったのは、ご高著の書名の由来でもある『芸術の日本』に関する先生の先行研究です。また、2013年、馬渕明子先生の監修により刊行された、『芸術の日本』仏・英・独語版の復刻集成を通じて、ブリンクマンが参照していたドイツ語訳のテキストの翻訳者が、ドイツ人のルドルフ・ランゲであることがわかりました。

　幸いにもランゲがかつて教鞭をとっていた東京大学の総合図書館に、ベルリンで1884年に刊行された『古今和歌集　春ノ部』の原書が所蔵されていました。その表紙には、ドイツ語の

表題に加え、「古今和歌集」と朱色で縦書きされていて、心惹かれる本です。小型で薄い本でありながら、「春ノ部」の134首の和歌が全訳されて、和歌の本質が「抒情性」にあると示されています。ランゲによる和歌の紹介を通じて、ブリンクマンによって、和歌がヨーロッパに日本の工芸品の源泉として伝えられました。

東京大学総合図書館に所蔵されていた「東京帝国大学　傭外国人教師・講師履歴書」に「ドクトル　ランゲ」の名を見つけることができ、彼の履歴がわかりました。ランゲは明治の初めに20代で来日し、7年間の日本体験を通じて先の翻訳を成し遂げています。

図書館で、その記録簿を探していたところ、それを見つけてくれたのは、彼もまた20代の法学部の学生、森川瑛智君でした。

クーシューも明治後期に20代で来日し、和歌や俳句の特性を「抒情性」に見いだして、詩の本質として、著書で和歌と俳句のフランス語訳を紹介していました。

日本古典詩歌の魅力を翻訳、紹介し、文学的な財産を遺した、ランゲ、ブリンクマン、クーシューをはじめとするヨーロッパの先駆者たちに、あらためて感謝を捧げます。

本書で参照した貴重な楽譜、文献資料の収集と本書への掲載等については、以下の方々、関係諸機関から好意ある協力を得ました。ヨーロッパ側では、山崎佳代子氏（ベオグラード大学文学部教授）、パトリック・ブランシュ氏（フランス俳人）をはじめ、デュラン出版、アルフォンス・ルデュック、フランス国立図書館音楽部門、フランス国立極東学院図書館、フランス国立高等師範学校ウルム校、文学・人文科学図書館、スイス文学資料館、リルケ協会、ワルシャワ国立図書館、日本側では主に東京大学

あとがき　197

の総合図書館と駒場図書館、国際日本文化研究センター図書館です。

　今回の出版準備の時期に、夫治の入院が重なり、渡仏も上京さえもかないませんでした。

　本書の刊行の実現には、多くの方々のご指導やご助力をいただきました。

　和歌のランゲによるドイツ語訳の文献資料の解読とご教示は、40年来のドイツ人の友人サスキア・イシカワ博士（元甲南大学教授）とご主人石川光庸氏（京都大学大学院名誉教授）に負っています。

　フランス側の楽譜資料の一部の収集交渉や掲載許可の申請は、フランス人の友人ジャン＝ルイ・シフェール氏がご助力くださいました。ジャン＝ルイさんはクーシューと同じように、フランス国立高等師範学校の卒業生で、日本（東京大学）に留学しました。

　日本側では、『古今和歌集　春ノ部』のシラブル表や和歌のロシア語・フランス語訳他の歌詞対訳の作成をしてくださったのは、松本市多文化共生プラザ―仏語講座の同志、大澤育眞氏です。また、東京大学法学部学生、森川瑛智君には、東京大学総合図書館所蔵の貴重な資料『古今和歌集　春ノ部』をはじめ、『芸術の日本』仏・英・独語版の収集とデータ化、資料リスト作成や許可申請など多大なご助力をいただきました。

　これまでご指導、ご教示くださった芳賀徹先生、ヘンドリック・ビールス先生、川本皓嗣先生、竹内信夫先生、井上健先生、藤原克己先生、稲賀繁美先生、渡辺秀夫先生、吉田正明先生、翻訳家のローズ＝マリー・マキノ＝ファイヨールさん、東大比較文学大学院のゼミの友人小泉順也氏（現　一橋大学院准教

授)、また励ましを下さった原田憲一先生ご夫妻、ジャン・デュコワさんをはじめとする日仏の友人たち、辛抱強く支えてくれた妹中山里美、病身の夫治に感謝いたします。

『俳句のジャポニスム』の公刊に続いて、この度もまた、笹川日仏財団からの出版助成により、和歌と俳句のジャポニスムを主題にした本書の刊行が実現しました。同財団の東京事務局長伊藤朋子氏には、本書の企画から本文のフランス語の校正など、本書が完成に至るまで多大なご教示とお力をいただきましたことに深く感謝します。

　2018年、「ジャポニスム2018」が開幕します。

　本書を通じて、ヨーロッパにおける日本の古典詩歌の受容史に新たな光があたることを、和歌や俳句の魅力が、また翻訳された和歌や俳句を素材としたフランスをはじめとする歌曲が多くの方々に知られることを、さらに東西の芸術の神秘的で未知なる「照応が一つまた一つ発見される」ことを念願します。

　最後に、本書を、今は亡き、格別なお導きをいただいた修士論文の指導教授南原実先生と博士論文の指導教授ジャン゠ジャック・オリガス先生に捧げます。

　　2017年11月7日

　　　　　　　　　　　　　　柴田　依子

Postface

Ce présent ouvrage est « un fruit obtenu grâce aux bienveillances inestimables » (d'après la lettre du professeur Minoru Nambara) de précurseurs européens et japonais qui ont traduit et publié en Europe des poèmes traditionnels japonais.

Il a comme base ma thèse de doctorat *Paul-Louis Couchoud et le Japon - Sa vie et la transmission du haïku en France*, rédigée à partir de mon livre précédent *Le Japonisme du haïku* (Editions Kadokawa Gakugei Shuppan, 2010), biographie de Paul-Louis Couchoud avec, en annexes, des documents littéraires et des illustrations et présentée à l'International Research Center for Japanese Studies. La soutenance de la thèse a été faite devant un jury composé des professeurs Toru Haga, Katsumi Fujiwara, Shigemi Inaga, Monta Hayakawa et Sadami Suzuki, spécialistes en littérature comparée, poésie japonaise et beaux-arts.

Je remercie le professeur Haga qui m'a offert son important ouvrage *Le Japon artistique - une symphonie d'images et de textes* (Editions Kadokawa Gakugei Shuppan, 2010), en guise de félicitations pour mon doctorat et encouragé à poursuivre mes recherches.

C'est grâce à ses recherches pionnières portant sur la revue *Le Japon artistique*, dont il s'est inspiré pour le titre de son ouvrage, que j'ai commencé à travailler sur le japonisme du *waka* pour en avoir les éclaircissements. À noter que les nouvelles éditions du *Japon artistique* publiées en français, en anglais et en allemand en 2013 sous la direction du professeur Akiko Mabuchi, m'ont permis d'identifier le traducteur du texte allemand cité par Brinckmann : il s'agit de Rudolf Lange.

Par chance, la version originale du *Frühlingslieder aus der Sammlung Kokinwakashu* qui est la traduction allemande des *Poèmes du printemps du recueil Kokin wakashu* publiée à Berlin en 1884 est conservée à la bibliothèque de l'université de Tôkyô à Hongô où Lange enseignait. C'est un petit livre charmant avec, en plus du titre allemand, un titre en japonais écrit verticalement en rouge sur la couverture, qui contient la totalité de 134 *waka des Poèmes du printemps* et démontre que l'essence du *waka* réside dans le « lyrisme ». Brinckmann a lu cet ouvrage de Lange et a présenté en Europe le *waka* comme la source d'inspiration artistique d'objets artisanaux japonais.

Avec *Les curriculum vitæ des professeurs étrangers et des chargés de cours de l'université de Tôkyô,* conservés à la même bibliothèque à Hongô, j'ai pu trouver le nom du « Docteur Lange » et connaître sa carrière. Il est venu au Japon au début de l'ère Meiji - il avait une vingtaine d'années - et ses sept années passées au Japon lui ont permis de publier la traduction en allemand des poèmes en question.

C'est Monsieur Akito Morikawa, étudiant à la faculté de droit – il a donc une vingtaine d'années lui aussi -, qui a trouvé ces registres lorsque je les cherchais dans cette bibliothèque.

Quant à Couchoud, alors âgé d'une vingtaine d'année également, il est venu au Japon dans la seconde moitié de l'ère Meiji. Il a, lui aussi, trouvé du « lyrisme » dans les *waka* et les *haïku* qu'il a traduits en français et publiés en Europe.

J'éprouve un sentiment de reconnaissance envers ces précurseurs européens ainsi que d'autres savants qui ont fait connaître en Europe le charme de la poésie traditionnelle japonaise.

Pour la recherche et la reproduction des partitions musicales et des documents précieux insérés dans ce livre, j'ai eu le concours du professeur Kayoko Yamazaki de la faculté des lettres de l'université de Belgrade et de Monsieur Patrick Blanche, faiseur de *haïkus*, des Editions Durand, des Editions Alphonse Leduc, du département de la musique de la Bibliothèque nationale de France, de la bibliothèque de l'École française d'Extrême-Orient, de la bibliothèque des Lettres et sciences humaines de la rue d'Ulm de l'École normale supérieure, de la Schweizerisches Literaturarchiv, de la Rilke Foundation, de la Bibliotheka Nakobawa Warszawa, des bibliothèques à Hongô et à Komaba de l'université de Tôkyô, de la bibliothèque de l'International Research Center for Japanese Studies, etc.

Pendant la préparation de la publication de cet ouvrage, mon mari Osamu a été hospitalisé. De ce fait, je n'ai pu me rendre ni en France ni à Tôkyô. Je remercie toutes les personnes qui m'ont aidée et donnée de précieux conseils.

Madame le professeur Saskia Ishikawa, ex-professeur à l'université Konan, allemande, amie depuis quarante ans et son mari Monsieur Mitsunobu Ishikawa, professeur honoraire à l'université de Kyôto, m'ont aidée dans la compréhension de traductions allemandes de waka publiées par Lange.

Monsieur Jean-Louis Schipfer m'a aidée dans la recherche de partitions et la demande d'autorisation de les publier. Cet ami français est un ancien élève de l'École normale supérieure, comme Couchoud, et a également étudié à l'université de Tôkyô.

Monsieur Ikuma Osawa, camarade de classe du français du Matsumoto Multicultural Plaza, a réalisé le tableau de syllabes des *Poèmes du printemps du recueil Kokin wakashu* et la traduction juxtalinéaire en russe et français de *waka*. Monsieur Akito Morikawa, étudiant à la faculté de droit de l'université de Tôkyô, m'a beaucoup aidée dans la recherche de documents comme

Frühlingslieder aus der Sammlung Kokinwakashu et les versions française, anglaise et allemande du *Japon artistique* au sein de la bibliothèque à Hongô de l'université de Tôkyô, dans l'établissement de la liste et la numérisation de ces documents ainsi que pour des demandes d'autorisations.

Toute ma gratitude va aux professeurs qui ont dirigé par le passé mes travaux de recherches : Toru Haga, Hendrik Birus, Koji Kawamoto, Nobuo Takeuchi, Ken Inoue, Katsumi Fujiwara, Shigemi Inaga, Hideo Watanabe et Masaaki Yoshida. Je remercie également Madame Rose-Marie Makino-Fayolle, traductrice, Monsieur Masaya Koizumi, mon ex-camarade de classe de littérature comparée à l'université de Tôkyô, actuellement professeur associé à l'université Hitotsubashi, le professeur Kenichi Harada et son épouse, Madame Jeanne Decrois, ma sœur Satomi Nakayama qui m'a soutenue avec persévérance, mon mari Osamu qui m'a encouragée malgré ses problèmes de santé.

Le projet de publication de ce livre a fait l'objet d'une aide financière de la Fondation Franco-Japonaise Sasakawa, comme ce fut le cas pour *Le Japonisme du haïku*. Je remercie Madame Tomoko Ito, directice du Bureau de Tokyo de ladite fondation, qui m'a énormément aidée depuis l'élaboration de ce projet de publication jusqu'à la correction du texte.

À partir de 2018 commence une série de manifestations culturelles sur le thème « Japonismes 2018 : les âmes en résonance ». Je souhaite que ce livre permette d'apporter de nouveaux éclaircissements sur l'histoire de la transmission en Europe de la poésie traditionnelle japonaise et de faire connaître davantage le charme du *waka*, du *haïku* et des mélodies françaises ou d'autres pays, composées avec des *waka* et *haïku* traduits. Ainsi, entre l'art oriental et l'art occidental, « les correspondances », mystiques et méconnues, « une à une, seront découvertes » (Avant-propos dans *Sages et poètes d'Asie*).

Pour terminer, je dédie ce livre à feu le professeur Minoru Nambara qui était mon directeur de mémoire de maîtrise et à feu le professeur Jean-Jacques Origas qui était mon directeur de thèse de doctorat.

Le 7 novembre 2017

Yoriko Shibata

主要参考文献

第 1 章

Brinckmann, Justus. Die poetische Überlieferung in der japanischen Kunst, *Japanischer Formenschatz*, NO.19–20, Leipzig, E.A.Seemann, 1888–1889.

Brinckmann, Justus. La tradition poétique dans l'art au Japon, *le Japon artistique*, NO.19–20, Paris, 1888–1889.（フランス語版）

Chamberlain, Basil-Hall. *The Classical Poetry of the Japanese*, London, Trübner, 1880.

Florenz , Karl–Adolf. *Dichtergrüsse aus dem Osten – Japanische Dichtungen*, Tokyo, 長谷川商店, 1894.

Gautier, Judith. *Poèmes de la libellule*, Paris, 1885.

Geffroy, Gustave. Les paysagistes japonais, *Le Japon artistique*, NO.32, Paris, 1890.

Gonse, Louis. *L'art japonais*, Paris, Ancienne Maison Quantin nouvelle édition corrigée, 1885.

Lange, Rudolf. *Frühlingslieder aus der Sammlung Kokinwakashu*, Belrin, Weidmannsche Buchhandlung, 1884.

Léon de Rosny. *Anthologie japonaise*, Paris, 1876.

Réunion des Musées Nationaux, *Le Japonisme. Catalogue de l'exposition aux Galeries nationales du Grand Palais*, Paris, 1988.

Revon, Michel. *Anthologie de la Littérature Japonaise*, Paris, Librairie Delagrave, 1910.

稲賀繁美『絵画の東方 オリエンタリズムからジャポニスムへ』名古屋大学出版会 1999.

稲賀繁美『異文化理解の倫理にむけて』名古屋大学出版会 2000.

小倉久美子「黎明期の万葉集翻訳」『万葉古代学研究年報』第15号 奈良県立万葉文化館 2017.

柴田依子「俳句と和歌発見の旅－ポール=ルイ・クーシューの自筆書簡をめぐって」『比較文学研究』第76号 東大比較文学会 恒文社 2000.

高階秀爾「俳句とハイカイ」『大航海』2000年8月号 新書館 2000.

高階秀爾『本の遠近法』新書館 2006.

東京大学事務局庶務部人事課（編）『東京帝国大学　傭外国人教師・講師履歴書』、第一冊上巻.

芳賀徹「日本文化研究としてのジャポニスム」『芸術の日本』美術公論社 1981.

芳賀徹『ひびきあう詩心―俳句とフランスの詩人たち』TBSブリタニカ 2002.

芳賀徹『藝術の国日本　画文交響』角川学芸出版 2010.

林忠正『林忠正　ジャポニスムと文化交流』（日本女子大学叢書）林忠正シンポジウム実行委員会編　ブリュッケ 2007.

馬渕明子（監修）『Le Japon artistique / Artistic Japan / Japanischer Formenschatz, 1888-1891』 Edition Synapse 2013.

馬渕明子　別冊解説　「『芸術の日本』―新たなパラダイムの誕生」『ジャポニスムの系譜　第8回配本　芸術の日本　仏・英・独語版復刻集成』Edition Synapse 2013.

渡辺秀夫『詩歌の森―日本語のイメージ』大修館書店 1995.

ブリンクマン／芳賀徹（訳）「日本美術における詩歌の伝統」『芸術の日本』19号 美術公論社 1981.

第2章

Aveline, Claude. Discours Sur la tombe de Paul-Louis Couchoud, In *Le Lys Rouge*, Société Anatole France, 1959.

Aveline, Claude. A propos d'Anatole France et de Paul-Louis Couchoud, *Le Lys Rouge, No.99-104*, Société Anatole France, 1968.

Bloch, Gérald, *Lettres inédites d'Anatole France à Paul-Louis Couchoud et à sa femme*, Société Anatole France, 1968.

Bloch, Jean Richard. Pour le haï-kaï français, *Europe*, 1924.

Bloch, Jean Richard. *Offrande à la poésie*, Poitier, Le Torii Éditions, 2001.

Bloch, Jean Richard. Cahiers No.11, 12 (BnF : Manuscrits), *Offrande à la poésie*, Poitier, Le Torii Éditions, 2001.

Chipot, Dominique. *Au fil de l'eau avec Paul-Louis Couchoud*, Éditions lulu, 2013.

Couchoud, Jean-Paul. *Paul‒Louis Couchoud*, édition privée, 1955.

Couchoud, Paul-Louis. *Au fil de l'eau*, 1905.

Couchoud, Paul-Louis. Les Haïkaï Épigrammes poétiques du Japon, *Les Lettres, no 3, no 4 et 5, no 6, no 7*, Paris, Chaussée d'Antin, 1906.

Couchoud, Paul-Louis./Anatole France（一部未刊）. *Papiers Anatole France (Collection Jacques Lion) II Correspondance* (BnF, Manuscrits NAF 15421-15443), 1906-1923.

Couchoud, Paul-Louis. La Civilisation Japonaise, *Les Lettres no 20*, Paris, Chaussée d'Antin, septembre, 1907.

Couchoud, Paul-Louis. Goettingue, le 20 juin 1909, Curriculum vitæ (AN. AJ/16/7022), 1909.

Couchoud, Paul-Louis. L'Asthénie primitive (AN. AJ/16/1022, 7238), *thèse pour le doctorat en médecine*, Thèse de doctorat en médecine à la Faculté de Médecine de Paris, Librarie Félix Alcan, 1911.

Couchoud, Paul-Louis. / 塩谷不二雄、「首下がり病に関する臨床的並びに細菌学的知見」の「付記」、『東京医学会雑誌』第27巻第22号、1913. Couchoud, Paul-Louis. Le Kubisagari (maladie de Gerlier), *La Revue de Médecine* 4, 1914.

Couchoud, Paul-Louis. *Sages et Poètes d'Asie*, Paris, Calmann-Lévy, 1916 (4e éd. préface par Anatole France, 1923).

Couchoud, Paul-Louis. *Luciole – Conte japonais*, Raconté à Marianne Couchoud par son père, impr. A. Delayance, 1924.

Crémieux, Benjamin. Les Lettres françaises, Du Haï-kaï français, *Les Nouvelles littéraires*, 1924.

Éluard, Paul. Jean Paulhan宛て手書き書簡 （1918-1919, PLH2. C79-01.01.), IMEC.

France, Anatole. Chronologie, *Œuvres* 4 vol., t. IV, Paris, Gallimard, 1904.

Guitton, Jean. Du fait divers au divin, *Le Figaro, 1959/5/9*.

Guitton, Jean. Mort de M. Paul-Louis Couchoud, *Le Monde, 1959/4/17*.

Guitton, Jean. À Paul-Louis Couchoud, *La Tribune de Vienne, 1959/4/18*.

Maître, Claude-Eugène. Japon B.H.Chamberlain – Basho and the Japanese poetical Epigram —*Trans.As.Sos.of Japan, Tome* III—

1903, Hanoi, BEFEO, 1902.

Paulhan, Jean. Les haï-kaï japonais, *La Vie*, février, 1917.

Paulhan, Jean. *Choix de Lettres I, 1917−1936, La littérature est une fête, Paris*, Gallimard, 1986.

Paulhan, Jean. Paul Éluard, *Correspondance 1919−1944*, Paris, Éditions Claire Paulhan, 2003.

Rivière, Jacques. Jean-Richard Bloch, *Correspondance 1912-1924*.

Schwartz, William Leonard. L'influence de la poésie japonaise sur la poésie française contemporaine », *Revue de littérature comparée*, Paris, Klincksieck, 1926.

Vocance, Julien. Sur le Haï-Kaï français *La Grande revue*, no 5, 1916.

Vocance, Julien. Cent visions de guerre, *La Grande revue*, no 5, 1916.

Vocance, Julien. Le premier groupe de haïjins, *France-Japon no 38*, Paris, Conte franco-japonais de Tokyo, 1939.

Vocance, Julien. Le deuxième groupe de haïjins, *France-Japon no 38*, Paris, Conte franco-japonais de Tokyo, 1939.

Yamata, Kikou. *Sur des lèvres japonaises, avec une lettre* −préface de Paul Valéry, Paris, Le Divan, 1924.

エコール・ノルマル文学図書館の1898年度学生貸出簿

金子美都子『フランス二〇世紀詩と俳句』平凡社 2015.

黒田清輝『黒田清輝日記』第3巻 中央公論美術出版 1967.

後藤末雄（復刻）「仏蘭西俳諧詩の運動」（一）（二）第二次『明星』第一巻第二・三号 1986.

佐藤朔「ヴォカンスの句集」『ホトトギス』1937.

柴田依子「「水の流れのままに」―「幻の本」の出現」国際俳句交流協会『HI』NO.18 1995.

柴田依子「詩歌のジャポニスムの開花：クーシューと『N.R.F.』誌（1920）「ハイカイ」アンソロジー掲載の経緯」『日本研究』誌第29集 国際日本文化研究センター紀要 KADOKAWA 2004.

高浜虚子『渡仏日記』改造社 1936.

高浜虚子 Le Haikou (Haï-Kaï) par Kyoshi TAKAHAMA, *France-Japon*, No20, Conte franco-japonais de Tokyo, 1937.

高浜虚子「ヴォカンス死す」『ホトトギス』1955.

寺田寅彦「俳諧の本質的概論」『俳句講座』第7巻 改造社 1937.

寺田寅彦『寺田寅彦全集』岩波書店 1936－38.

春山行夫「Haikou à L'Etranger」『ホトトギス』1937.

春山行夫「外国俳句座談会」『ホトトギス』1937.

春山行夫「フランス俳諧派の俳句論 ポオル・ルイ・クウシュウ」
　　　『句帖』1939.

平川祐弘「蕪村、エルアール、プレヴェール」『西洋の詩 東洋の
　　　詩』河出書房新社 1986.

平川祐弘「戦時下の日本―クーシューが見た明治三十七年の東
　　　京―」『和魂洋才の系譜』河出書房新社 1987.

松尾邦之助「フランス俳諧において」『俳諧 はいかい HaïKaï』第5
　　　号 1940.

松尾邦之助「ハイカイ・ド・フランス」『俳句』1964.

松尾邦之助「真珠の発見6」『俳句』1964.

松尾邦之助「真珠の発見12・13」『俳句』1964.

与謝野寛（復刻）「仏蘭西の俳諧詩」第2次『明星』第1巻第1号 臨
　　　川書店 1986.

Couchoud, Paul-Louis／金子美都子、柴田依子（訳）「日本の情趣」
　　　『明治日本の詩と戦争－アジアの賢人と詩人』みすず書房 1999.

Couchoud, Paul-Louis／堀口九萬一（訳）「日本の俳句の研究」『雲
　　　母』1933.

リルケに関連するもの

Rilke, Rainer-Maria. Rilke en Valais, *Suisse Romande*, 1925.

Rilke, Rainer-Maria. Brief an Frau Gudi Nölke (4.9.1920), Berlin,
　　　Insel-Verlag, 1953.

リルケ肉筆遺言状のマニュスクリ（Berne: Ms_D_46/1-6）およびマ
　　　イクロフィルム（ベルンのスイス文学資料館所蔵）

Rilke, Rainer-Maria. *Briefe an Nanny Wunderly-Volkart. Band II.*, In-
　　　sel Verlag, 1977.

Meyer, Herman. Rilkes Begegnung mit dem Haiku, *Euphorion Bd.74*,
　　　1980.

Rilke, Rainer-Maria. Poèmes français, Mit einem Nachwort von Karl
　　　Krolow, Frankfurt , *Insel-Verlag*, 1988.

Zermatten, Maurice. *Les dernières années de Rainer Maria Rilke*, Fribourg, Éditions Le Cassetin, 1975.

柴田依子「リルケの俳句世界」『比較文学』35巻　日本比較文学会　1992.

柴田依子『俳句のジャポニスム　クーシューと日仏文化交流』*Le japonisme du Haiku*： *P.-L. Couchoud et les échanges culturels franco-japonais* 角川叢書46　角川学芸出版　2010.

田口義弘『リルケ　オルフォイスへのソネット』河出書房新社　2001.

塚越敏「リルケと俳諧」（塚越敏教授退任記念論文集）『芸文研究』（第43号）慶応義塾大学芸文学会　1982.

富士川英郎「リルケと日本」、『比較文学研究』第8号、東大比較文学会　朝日出版社　1986（発表1964）.

星野慎一『俳句の国際性』博文館新社　1995.

星野慎一『晩年のリルケ　リルケ研究第三部』河出書房新社　1961.

堀まどか『「二重国籍」詩人　野口米次郎』名古屋大学出版会　2012.

馬渕明子『舞台の上のジャポニスム』NHKブックス1247　2017.

吉川順子『詩のジャポニスム―ジュディット・ゴーチエの自然と人間』京都大学学術出版会　2012.

和田桂子（他）『満鉄と日仏文化交流誌『フランス・ジャポン』』ゆまに書房　2012.

Rilke, Rainer-Maria 富士川英郎・高安国世（訳）R. H. ハイグロート宛て書簡『リルケ書簡集II 1914-1926』人文書院　1968.

Rilke, Rainer-Maria 富士川英郎・高安国世（訳）ソフィー・ジョーク宛て書簡『リルケ書簡集II 1914-1926』人文書院　1968.

Maurice, Zermatten / 伊藤行雄・小潟昭夫（訳）『晩年のリルケ』芸立出版　1977.

Holthusen, Hans Egon / 塚越敏・清水毅（訳）『リルケ』ロロロ伝記叢書　理想社　1981.

第3章

柴田依子「俳諧と音楽―フランス歌曲・器楽曲」『國文學　解釈と教材の研究』第47巻8号　2002.

パリ日本文化会館開催レクチャーコンサート「俳句と和歌によるフ

ランス・日本歌曲の夕べ Une soirée de mélodies françaises et japonaises sur des *haiku* et des *waka*」チラシ、プログラムおよび歌詞対訳、俳句と和歌による20世紀音楽研究会 2010.

田村充正「ロシアにおける和歌の受容」『比較文学』35巻 日本比較文学会 1992.

船山隆「三つの日本の抒情詩」『ストラヴィンスキー』作曲家別名曲解説ライブラリー25 音楽之友社 1995.

松枝佳奈「A.A.ブラント（1855-1933）―大庭柯公（1872-1922頃）と交流した来日ロシア人」『異郷に生きるⅥ―来日ロシア人の足跡』成文社 2016.

楽譜

Delage, Maurice. *Sept Haï-kaï*, 1923, Perpignan, Levallois, 1923.

Delvincourt, Claude. *Ce Monde de Rosée, Paris*, Alphonse Leduc, 1924.

Kwiatkowski, Remigiusz. *Chiakunin-Izszu*, 1913.

Migot, Georges. *Sept petites images du Japon, Paris*, Alphonse Leduc, 1917.

Milojević, Miloje. *Japan*, München（作曲）.（Copyright by Genza Kohn 1932）. Belgrade, Jugoslavie, 1909.

Stravinsky, Igor. ТРИ СТИХОТВОРЕНИЯ ИЗ ЯПОНСКОЙ ЛИРИКИ（Trois poésies de la lyrique japonaise）, 1913.

Strawinsky, Igor. *Two Poems and Three Japanese Lyrics for high voice and Chamber Orchestra*, Boosey & Hawkes, London, Paris, Bonn, New York.（ロシア語・フランス語・ドイツ語・英語の歌詞付き）, 1955.

Souris, André. *Trois Poèmes Japonais pour soprano et quatuor à cordes*, Brussel, CeBeDeM, 1916.

Tansman, Alexandre. *Huit Mélodies Japonaises (Haï-Kaï)*, Éditions Durand Salabert Eschig, Paris, 1919.

Perkowski, Piotr. *Chiakunin-Izszu*, 1922-1924.

楽譜表紙絵について、タンスマン（Alexandre Tansman）『八つの日本の歌（ハイカイ）』の表紙絵資料：『芸術の日本』の第27号掲載 鈴木春信の浮世絵「三味線 Le Shamisen」、および「露

の世　Ce Monde de Rosée」について北斎「富嶽百景　文辺の不二」『芸術の日本』のフランス語版、7号の図版「信濃国の村（Village de la province de Shinano）」参照

文献資料の主な所蔵先（および略称）

1. AN：Archives nationales（フランス国立中央文書館）

2. BnF：Manuscrits：Bibliothèque nationale de France, Département des Manuscrits（フランス国立図書館 手稿部門）

3. BnF：Musique：Bibliothèque nationale de France, Département de la Musique（フランス国立図書館 音楽部門）

4. BENFO：Bibliothèque des lettres, École normale supérieure（エコール・ノルマル文学図書館）
   ［現在の名称：Bibliothèque Ulm-LSH：Bibliothèque Ulm – Lettres et sciences humaines, École normale supérieure（フランス国立高等師範学校ウルム校 文学・人文科学図書館）］

5. BEFEO：Bibliothèque de l'EFEO：La bibliothèque de Paris, école française d'Extrême-Orient（フランス国立極東学院図書館）

6. BIUM：Bibliothèque interuniversitaire de médecine de Paris（パリ大学医学図書館）［現在の名称: Bibliothèque interuniversitaire de santé］

7. IMEC：Institut Mémoires de l'édition contemporaine（現代出版資料研究所）

8. MAK：Musée Albert-Kahn（アルベール・カーン博物館）

9. Musée Bourdelle（ブールデル美術館）

10. Musée Rodin（ロダン美術館）

11. INHA：Institut national d'histoire de l'art（フランス国立美術史研究所）

12. Schweizerisches Rilke-Archiv, Archives littéraires suisses (ALS)（スイス文学資料館　リルケ・アーカイヴ）

13. Universitätsarchiv Göttingen（ゲッティンゲン大学アルヒーフ）

14. J.-P. Couchoud：Jean-Paul Couchoud（ジャン＝ポール・クーシューの個人蔵）

15. WBN：Biblioteka Narodowa Warszawa（ワルシャワ国立図書館）

16. 国際日本文化研究センター図書館

17. 東京大学総合図書館
18. 東京大学駒場図書館

主要参考文献　213

著者略歴

柴田 依子（しばた・よりこ）

横浜国立大学学芸学部卒業。植物学者柴田治（元信州大学理学部高地生物学教授）と結婚。信州大学人文学部大学院人文科学研究科修了（修士論文「リルケの俳句世界と『薔薇詩集 *Les Roses*』」）。フランス国立東洋言語文化研究所（INALCO）に留学、博士論文（「ポール＝ルイ・クーシューと日本―その生涯とフランスにおける俳句受容」）を国際日本文化研究所センターに提出、学術博士となる。翻訳（共訳）書にP.=L.クーシュー著『明治日本の詩と戦争―アジアの賢人と詩人』（みすず書房、1999年）、著書『俳句のジャポニスム　クーシューと日仏文化交流』（角川学芸出版、2010年）でジャポニスム学会賞受賞。ジャポニスム学会、東大比較文學會、日本国際比較文学会、Rilke-Gesellschaft会員。

和歌と俳句のジャポニスム

2018年1月25日　初版発行

著　者　　柴田依子

発行者　　宍戸健司

発　行　　一般財団法人　角川文化振興財団
　　　　　東京都千代田区富士見1-12-15　〒102-0071
　　　　　電話 03-5211-5155
　　　　　http://www.kadokawa-zaidan.or.jp/

発　売　　株式会社KADOKAWA
　　　　　東京都千代田区富士見2-13-3　〒102-8177
　　　　　電話 0570-002-301（カスタマーサポート・ナビダイヤル）
　　　　　受付時間11：00〜17：00（土日 祝日 年末年始を除く）
　　　　　http://www.kadokawa.co.jp/

印　刷　　中央精版印刷株式会社
製　本　　中央精版印刷株式会社
装　丁　　芦澤泰偉
DTP組版　　星島正明

本書の無断複製（コピー、スキャン、デジタル化等）並びに無断複製物の譲渡及び配信は、著作権法上での例外を除き禁じられています。また、本書を代行業者等の第三者に依頼して複製する行為は、たとえ個人や家庭内での利用であっても一切認められておりません。

落丁・乱丁本はご面倒でも、下記KADOKAWA 読者係にお送りください。送料は小社負担でお取り替えいたします。古書店で購入したものについては、お取り替えできません。
電話049-259-1100（9：00〜17：00／土日、祝日、年末年始を除く）
〒354-0041 埼玉県入間郡三芳町藤久保550-1

©Yoriko Shibata 2018 Printed in Japan
ISBN978-4-04-876458-2 C0095